中国作家同题散文精选

做了父亲 陈瘦竹先生

父兄师友卷

叶圣陶 叶兆言 等 著

人民文学出版社

图书在版编目(CIP)数据

做了父亲　陈瘦竹先生:父兄师友卷/叶圣陶等著
.—北京:人民文学出版社，2022
（中国作家同题散文精选）
ISBN 978-7-02-017143-9

Ⅰ.①做…　Ⅱ.①叶…　Ⅲ.①散文集-中国-现代 ②散文集-中国-当代　Ⅳ.①I266

中国版本图书馆 CIP 数据核字(2022)第 075116 号

责任编辑　**卜艳冰　邱小群　刘佳俊**
封面设计　**李苗苗**

出版发行　**人民文学出版社**
社　　址　**北京市朝内大街 166 号**
邮政编码　**100705**

印　　刷　**上海盛通时代印刷有限公司**
经　　销　**全国新华书店等**

字　　数　**134 千字**
开　　本　**890 毫米×1240 毫米　1/32**
印　　张　**6.125**
版　　次　**2022 年 9 月北京第 1 版**
印　　次　**2022 年 9 月第 1 次印刷**

书　　号　**978-7-02-017143-9**
定　　价　**39.00 元**

如有印装质量问题，请与本社图书销售中心调换。电话:010-65233595

编辑例言

中国素来是散文大国，历代文章，传诵不绝。而至现代，散文再度勃兴，名篇佳作，亦不胜枚举。散文一体，论者尽有不同解释，但涉及风格之丰富多样，语言之精湛凝练，名家又皆首肯之。因此，在时下“图像时代”或曰“速食文化”的阅读气氛中，重读经典散文，便又有了感受母语魅力的意义。

我国历来有编辑“类书”的传统，采摭群书，辑录各门类或某一类资料，根据内容加以编排，以供查询、征引之用，如《太平广记》《艺文类聚》《古诗类编》等。这样的编选思路，能够较为精准地囊括某一题材的佳作，方便读者检索、参考、阅读，也有利于传播，是古代的“数据库”。本着这样的出发点，我社曾分批编选并出版过一套以主题为核心的同题散文集，比如春、夏、秋、冬，比如风、花、雪、月……每册的内容相对集中，既有文学的意义，又有史料的功能。

数年过去，这套丛书在读者中反应尚佳。因此，我们决定遴选其中的经典篇目，并增加一部分之前未选入丛书的作品，出一套精选集。选文中一些现代作家的行文习惯和用词可能与当下的规范不一致，为尊重历史原貌，一律不予更动。由于编选者识见有限，疏漏之处在所难免，遗珠之憾也仍将存在，敬请读者诸君多多指教。

第一辑

父

目
录

第二辑

兄

第三辑

师

第四辑

友

第一辑

父

父亲的病

鲁　迅

大约十多年前罢，S城中曾经盛传过一个名医的故事：

他出诊原来是一元四角，特拔十元，深夜加倍，出城又加倍。有一夜，一家城外人家的闺女生急病，来请他了，因为他其时已经阔得不耐烦，便非一百元不去。他们只得都依他。待去时，却只是草草地一看，说道“不要紧的”，开一张方，拿了一百元就走。那病家似乎很有钱，第二天又来请了。他一到门，只见主人笑面承迎，道：“昨晚服了先生的药，好得多了，所以再请你来复诊一回。”仍旧引到房里，老妈子便将病人的手拉出帐外来。他一按，冷冰冰的，也没有脉，于是点点头道，“唔，这病我明白了。”从从容容走到桌前，取了药方纸，提笔写道：

“凭票付英洋壹百元正。”下面是署名，画押。

“先生，这病看来很不轻了，用药怕还得重一点罢。”主人在背后说。

“可以。”他说。于是另开了一张方：

“凭票付英洋贰百元正。”下面仍是署名，画押。

这样，主人就收了药方，很客气地送他出来了。

我曾经和这名医周旋过两整年，因为他隔日一回，来诊我的父亲的病。那时虽然已经很有名，但还不至于阔得这样不耐烦；可是诊金却已经是一元四角。现在的都市上，诊金一次十元并不算奇，可是那时是一元四角已是巨款，很不容易张罗的了；又何况是隔日一次。他大概的确有些特别，据舆论说，用药就与众不同。我不知道药品，所觉得的，就是“药引”的难得，新方一换，就得忙一大场。先买药，再寻药引。“生姜”两片，竹叶十片去尖，他是不用的了。起码是芦根，须到河边去掘；一到经霜三年的甘蔗，便至少也得搜寻两三天。可是说也奇怪，大约后来总没有购求不到的。

据舆论说，神妙就在这地方。先前有一个病人，百药无效；待到遇见了什么叶天士先生，只在旧方上加了一味药引：梧桐叶。只一服，便霍然而愈了。“医者，意也。”其时是秋天，而梧桐先知秋气。其先百药不投，今以秋气动之，以气感气，所以……。我虽然并不了然，但也十分佩服，知道凡有灵药，一定是很不容易得到的，求仙的人，甚至于还要拚了性命，跑进深山里去采呢。

这样有两年，渐渐地熟识，几乎是朋友了。父亲的水肿是逐日厉害，将要不能起床；我对于经霜三年的甘蔗之流也逐渐失了信仰，采办药引似乎再没有先前一般踊跃了。正在这时候，他有一天来诊，问过病状，便极其诚恳地说：

“我所有的学问，都用尽了。这里还有一个陈莲河先生，本领比我高。我荐他来看一看，我可以写一封信。可是，病是不要紧的，不过经他的手，可以格外好得快……。”

这一天似乎大家都有些不欢，仍然由我恭敬地送他上轿。进来时，看见父亲的脸色很异样，和大家谈论，大意是说自己的病大概没有希望的了；他因为看了两年，毫无效验，脸又太熟了，未免有些难以为情，所以等到危急时候，便荐一个生手自代，和自己完全脱了干系。但另外有什么法子呢？本城的名医，除他之外，实在也只有一个陈莲河了。明天就请陈莲河。

陈莲河的诊金也是一元四角。但前回的名医的脸是圆而胖的，他却长而胖了：这一点颇不同。还有用药也不同。前回的名医是一个人还可以办的，这一回却是一个人有些办不妥帖了，因为他一张药方上，总兼有一种特别的丸散和一种奇特的药引。

芦根和经霜三年的甘蔗，他就从来没有用过。最平常的是“蟋蟀一对”，旁注小字道：“要原配，即本在一窠中者。”似乎昆虫也要贞节，续弦或再醮，连做药资格也丧失了。但这差使在我并不为难，走进百草园，十对也容易得，将它们用线一缚，活活地掷入沸汤中完事。然而还有“平地木十株”呢，这可谁也不知道是什么东西了，问药店，问乡下人，问卖草药的，问老年人，问读书人，问木匠，都只是摇摇头，临末才记起了那远房的叔祖，爱种一点花木的老人，跑去一问，他果然知道，是生在山中树下的一种小树，能结红子如小珊瑚珠的，普通都称为“老弗大”。

“踏破铁鞋无觅处，得来全不费工夫。”药引寻到了，然而还有一种特别的丸药：败鼓皮丸。这“败鼓皮丸”就是用打破的旧鼓皮做成；水肿一名鼓胀，一用打破的鼓皮自然就可以克伏他。清朝的刚毅因为憎恨“洋鬼子”，预备打他们，练了些兵称作“虎神营”，取虎能食羊，神能伏鬼的意思，也就是这道理。可惜这一种神药，全城中只有一家出售的，离我家就有五里，但这却不像平地木那样，必须暗中摸索了，陈莲河先生开方之后，就恳切详细地给我们说明。

“我有一种丹，”有一回陈莲河先生说，“点在舌上，我想一定可以见效。因为舌乃心之灵苗……。价钱也并不贵，只要两块钱一盒……。”

我父亲沉思了一会，摇摇头。

“我这样用药还会不大见效，”有一回陈莲河先生又说，“我想，可以请人看一看，可有什么冤愆……医能医病，不能医命，对不对？自然，这也许是前世的事……。”

我的父亲沉思了一会，摇摇头。

凡国手，都能够起死回生的，我们走过医生的门前，常可以看见这样的扁额。现在是让步一点了，连医生自己也说道：“西医长于外科，中医长于内科。”但是S城那时不但没有西医，并且谁也还没有想到天下有所谓西医，因此无论什么，都只能由轩辕岐伯的嫡派门徒包办。轩辕时候是巫医不分的，所以直到现在，他的门徒就还见鬼，而且觉得“舌乃心之灵苗”。这就是中国人的“命”，连名医也无从医治的。

不肯用灵丹点在舌头上，又想不出“冤愆”来，自然，单吃了一百多天的“败鼓皮丸”有什么用呢？依然打不破水肿，父亲终于躺在床上喘气了。还请一回陈莲河先生，这回是特拔，大洋十元。他仍旧泰然的开了一张方，但已停止“败鼓皮丸”不用，药引也不很神妙了，所以只消半天，药就煎好，灌下去，却从口角上回了出来。

从此我便不再和陈莲河先生周旋，只在街上有时看见他坐在三名轿夫的快轿里飞一般抬过；听说他现在还康健，一面行医，一面还做中医什么学报，正在和只长于外科的西医奋斗哩。

中西的思想确乎有一点不同。听说中国的孝子们，一到将要“罪孽深重祸延父母”的时候，就买几斤人参，煎汤灌下去，希望父母多喘几天气，即使半天也好。我的一位教医学的先生却教给我医生的职务道：可医的应该给他医治，不可医的应该给他死得没有痛苦。——但这先生自然是西医。

父亲的喘气颇长久，连我也听得很吃力，然而谁也不能帮助他。我有时竟至于电光一闪似的想道：“还是快一点喘完了罢……。”立刻觉得这思想就不该，就是犯了罪；但同时又觉得这思想实在是正当的，我很爱我的父亲。便是现在，也还是这样想。

早晨，住在一门里的衍太太进来了。她是一个精通礼节的妇人，说我们不应该空等着。于是给他换衣服；又将纸锭和一种什么《高王经》烧成灰，用纸包了给他捏在拳头里……。

“叫呀，你父亲要断气了。快叫呀！”衍太太说。

“父亲！父亲！”我就叫起来。

“大声！他听不见。还不快叫?！”

“父亲！！！父亲！！！”

他已经平静下去的脸，忽然紧张了，将眼微微一睁，仿佛有一些苦痛。

“叫呀！快叫呀！”她催促说。

“父亲！！！”

“什么呢？……不要嚷。……不……。”他低低地说，又较急地喘着气，好一会，这才复了原状，平静下去了。

“父亲！！！”我还叫他，一直到他咽了气。

我现在还听到那时的自己的这声音，每听到时，就觉得这却是我对于父亲的最大的错处。

十月七日

背影

朱自清

我与父亲不相见已二年余了，我最不能忘记的是他的背影。那年冬天，祖母死了，父亲的差使也交卸了，正是祸不单行的日子，我从北京到徐州，打算跟着父亲奔丧回家。到徐州见着父亲，看见满院狼藉的东西，又想起祖母，不禁簌簌地流下眼泪。父亲说，“事已如此，不必难过，好在天无绝人之路！”

回家变卖典质，父亲还了亏空；又借钱办了丧事。这些日子，家中光景很是惨淡。一半为了丧事，一半为了父亲赋闲。丧事完毕，父亲要到南京谋事，我也要回到北京念书，我们便同行。

到南京时，有朋友约去游逛，勾留了一日；第二日上午便须渡江到浦口，下午上车北去。父亲因为事忙，本已说定不送我，叫旅馆里一个熟识的茶房陪我同去。他再三嘱咐茶房，甚是仔细。但他终于不放心，怕茶房不妥帖；颇踌躇了一会。其实我那年已二十岁，北京已来往过两三次，是没有什么要紧的了。他踌躇了一会，终于决定还是自己送我去。我两三回劝他不必去；他只说，“不要紧，他们去不好！”

我们过了江，进了车站。我买票，他忙着照看行李。行李太多了，得向脚夫行些小费，才可过去。他便又忙着和他们讲价钱。我那时真是聪明过分，总觉他说话不大漂亮，非自己插嘴不可。但他终于讲定了价钱；就送我上车。他给我拣定了靠车门的一张椅子；我将他给我做的紫毛大衣铺好坐位。他嘱我路上小心，夜里要警醒些，不要受凉。又嘱托茶房好好照应我。我心里暗笑他的迂；他们只认得钱，托他们真是白托！而且我这样大年纪的人，难道还不能料理自己么？唉，我现在想想，那时真是太聪明了。

我说道，“爸爸，你走吧。”他望车外看了看，说，“我买几个橘子去。你就在此地，不要走动。”我看那边月台的栅栏外有几个卖东西的等着顾客。走到那边月台，须穿过铁道，须跳下去又爬上去。父亲是一个胖子，走过去自然要费事些。我本来要去的，他不肯，只好让他去。我看见他戴着黑布小帽，穿着黑布大马褂，深青布棉袍，蹒跚地走到铁道边，慢慢探身下去，尚不大难。可是他穿过铁道，要爬上那边月台，就不容易了。他用两手攀着上面，两脚再向上缩；他肥胖的身子向左微倾，显出努力的样子。这时我看见他的背影，我的泪很快地流下来了。我赶紧拭干了泪，怕他看见，也怕别人看见。我再向外看时，他已抱了朱红的橘子往回走了。过铁道时，他先将橘子散放在地上，自己慢慢爬下，再抱起橘子走。到这边时，我赶紧去搀他。他和我走到车上，将橘子一股脑儿放在我的皮大衣上。于是扑扑衣上的泥土，心里很轻松似的，过一会说，“我走了，到那边来信！”我望着他走出去。他走了几步，回过头看见我，说，“进去吧，里边没人。”等他的背影混入来来往往的人里，再找不着了，我便进来坐下，我的眼泪又来了。

近几年来，父亲和我都是东奔西走，家中光景是一日不如一日。他少年出外谋生，独立支持，做了许多大事。哪知老境却如此颓唐！他触目伤怀，自然情不能自已。情郁于中，自然要发之于外；家庭琐屑便往往触他之怒。他待我渐渐不同往日。但最近两年的不见，他终于忘却我的不好，只是惦记着我，惦记着我的儿子。我北来后，他写了一信给我，信中说道，“我身体平安，惟膀子疼痛利害，举箸提笔，诸多不便，大约大去之期不远矣。”

我读到此处，在晶莹的泪光中，又看见那肥胖的，青布棉袍，黑布马褂的背影。唉！我不知何时再能与他相见！

一九二五年十月在北京

我的母亲

老　舍

母亲的娘家是北平德胜门外，土城儿外边，通大钟寺的大路上的一个小村里。村里一共有四五家人家，都姓马。大家都种点不十分肥美的地，但是与我同辈的兄弟们，也有当兵的，作木匠的，作泥水匠的，和当巡察的。他们虽然是农家，却养不起牛马，人手不够的时候，妇女便也须下地作活。

对于姥姥家，我只知道上述的一点。外公外婆是什么样子，我就不知道了，因为他们早已去世。至于更远的族系与家史，就更不晓得了；穷人只能顾眼前的衣食，没有功夫谈论什么过去的光荣；“家谱”这字眼，我在幼年就根本没有听说过。

母亲生在农家，所以勤俭诚实，身体也好。这一点事实却极重要，因为假若我没有这样的一位母亲，我以为我恐怕也就要大大的打个折扣了。

母亲出嫁大概是很早，因为我的大姐现在已是六十多岁的老太婆，而我的大外甥女还长我一岁啊。我有三个哥哥，四个姐姐，但能长大成人的，只有大姐，二姐，三姐，三哥与我。我是“老”儿子。生我的时候，母亲已有四十一岁，大姐二姐已都出了阁。

由大姐与二姐所嫁入的家庭来推断，在我生下之前，我的家里，大概还马马虎虎的过得去。那时候定婚讲究门当户对，而大姐丈是作小官的，二姐丈也开过一间酒馆，他们都是相当体面的人。

可是，我，我给家庭带来了不幸：我生下来，母亲晕过去半夜，才睁眼看见她的老儿子——感谢大姐，把我揣在怀中，致未冻死。

一岁半，我把父亲“克”死了。

兄不到十岁，三姐十二三岁，我才一岁半，全仗母亲独力抚养了。父亲的寡姐跟我们一块儿住，她吸鸦片，她喜摸纸牌，她的脾气极坏。为我们的衣食，母亲要给人家洗衣服，缝补或裁缝衣裳。在我的记忆中，她的手终年是鲜红微肿的。白天，她洗衣服，洗一两大绿瓦盆。她作事永远丝毫也不敷衍，就是屠户们送来的黑如铁的布袜，她也给洗得雪白。晚间，她与三姐抱着一盏油灯，还要缝补衣服，一直到半夜。她终年没有休息，可是在忙碌中她还把院子屋中收拾得清清爽爽。桌椅都是旧的，柜门的铜活久已残缺不全，可是她的手老使破桌面上没有尘土，残破的铜活发着光。院中，父亲遗留下的几盆石榴与夹竹桃，永远会得到应有的浇灌与爱护，年年夏天开许多花。

哥哥似乎没有同我玩耍过。有时候，他去读书；有时候，他去学徒；有时候，他也去卖花生或樱桃之类的小东西。母亲含着泪把他送走，不到两天，又含着泪接他回来。我不明白这都是什么事，而只觉得与他很生疏。与母亲相依为命的是我与三姐。因此，她们作事，我老在后面跟着。她们浇花，我也张罗着取水；她们扫地，我就撮土……从这里，我学得了爱花，爱清洁，守秩序。这些习惯至今还被我保存着。

有客人来，无论手中怎么窘，母亲也要设法弄一点东西去款待。舅父与表哥们往往是自己掏钱买酒肉食，这使她脸上羞得飞红，可是殷勤的给他们温酒作面，又给她一些喜悦。遇上亲友家中有喜丧事，母亲必把大褂洗得干干净净，亲自去贺吊——份礼也许只是两吊小钱。到如今如我的好客的习性，还未全改，尽管生活是这么清苦，因为自幼儿看惯了的事情是不易改掉的。

姑母常闹脾气。她单在鸡蛋里找骨头。她是我家中的阎王。直到我入了中学，她才死去，我可是没有看见母亲反抗过。“没受过婆婆的气，还不受大姑子的吗？命当如此！”母亲在非解释一下不足以平服别人的时候，才这样说。是的，命当如此。母亲活到老，穷到老，辛苦到老，全是命当如此。她最会吃亏。给亲友邻居帮忙，她总跑在前面：她会给婴儿洗三——穷朋友们可以因此少花一笔“请姥姥”钱——她会刮痧，她会给孩子们剃头，她会给少妇们绞脸……凡是她能作的，都有求必应。但是吵嘴打架，永远没有她。她宁吃亏，不逗气。当姑母死去的时候，母亲似乎把一世的委屈都哭了出来，一直哭到坟地。不知道哪里来的一位侄子，声称有承继权，母亲便一声不响，教他搬走那些破桌子烂板凳，而且把姑母养的一只肥母鸡也送给他。

可是，母亲并不软弱。父亲死在庚子闹“拳”的那一年。联军入城，挨家搜索财物鸡鸭，我们被搜两次。母亲拉着哥哥与三姐坐在墙根，等着“鬼子”进门，街门是开着的。“鬼子”进门，一刺刀先把老黄狗刺死，而后入室搜索。他们走后，母亲把破衣箱搬起，才发现了我。假若箱子不空，我早就被压死了。皇上跑了，丈夫死了，鬼子来了，满城是血光火焰，可是母亲不怕，她要在刺刀下，饥荒中，保护着儿女。北平有多少变乱啊，有时候兵变了，街市整条的烧起，火团落在我们院中。有时候内战了，城门紧闭，铺店关门，昼夜响着枪炮。这惊恐，这紧张，再加上一家饮食的筹划，儿女安全的顾虑，岂是一个软弱的老寡妇所能受得起的？可是，在这种时候，母亲的心横起来，她不慌不哭，要从无办法中想出办法来。她的泪会往心中落！这点软而硬的个性，也传给了我。我对一切人与事，都取和平的态度，把吃亏看作当然的。但是，在作人上，我有一定的宗旨与基本的法则，什么事都可将就，而不能超过自己划好的界限。我怕见生人，怕办杂事，怕出头露面；但是到了非我去不可的时候，我便不得不去，正像我的母亲。从私塾到小学，到中学，我经历过起码有廿位教师吧，其中有给我很大影响的，也有毫无影响的，但是我的真正的教师，把性格传给我的，是我的母亲。母亲并不识字，她给我的是生命的教育。

当我在小学毕了业的时候，亲友一致的愿意我去学手艺，好帮助母亲。我晓得我应当去找饭吃，以减轻母亲的勤劳困苦。可是，我也愿意升学。我偷偷的考入了师范学校——制服，饭食，书籍，宿处，都由学校供给。只有这样，我才敢对母亲提升学的话。入学，要交十元的保证金。这是一笔巨款！母亲作了半个月的难，把这巨款筹到，而后含泪把我送出门去。她不辞劳苦，只要儿子有出息。当我由师范毕业，而被派为小学校校长，母亲与我都一夜不曾合眼。我只说了句：“以后，您可以歇一歇了！”她的回答只有一串串的眼泪。我入学之后，三姐结了婚。母亲对儿女是都一样疼爱的，但是假若她也有点偏爱的话，她应当偏爱三姐，因为自父亲死后，家中一切的事情都是母亲和三姐共同撑持的。三姐是母亲的右手。但是母亲知道这右手必须割去，她不能为自己的便利而耽误了女儿的青春。当花轿来到我们的破门外的时候，母亲的手就和冰一样的凉，脸上没有血色——那是阴历四月，天气很暖。大家都怕她晕过去。可是，她挣扎着，咬着嘴唇，手扶着门框，看花轿徐徐的走去。不久，姑母死了。三姐已出嫁，哥哥不在家，我又住学校，家中只剩母亲自己。她还须自晓至晚的操作，可是终日没人和她说一句话。新年到了，正赶上政府倡用阳历，不许过旧年。除夕，我请了两小时的假。由拥挤不堪的街市回到清炉冷灶的家中。母亲笑了。及至听说我还须回校，她楞住了。半天，她才叹出一口气来。到我该走的时候，她递给我一些花生，“去吧，小子！”街上是那么热闹，我却什么也没看见，泪遮迷了我的眼。今天，泪又遮住了我的眼，又想起当日孤独的过那凄惨的除夕的慈母。可是慈母不会再候盼着我了，她已入了土！

儿女的生命是不依顺着父母所设下的轨道一直前进的，所以老人总免不了伤心。我廿三岁，母亲要我结了婚，我不要。我请来三姐给我说情，老母含泪点了头。我爱母亲，但是我给了她最大的打击。时代使我成为逆子。廿七岁，我上了英国。为了自己，我给六十多岁的老母以第二次打击。在她七十大寿的那一天，我还远在异域。那天，据姐姐们后来告诉我，老太太只喝了两口酒，很早的便睡下。她想念她的幼子，而不便说出来。

“七七”抗战后，我由济南逃出来。北平又像庚子那年似的被鬼子占据了，可是母亲日夜惦念的幼子却跑西南来。母亲怎样想念我，我可以想象得到，可是我不能回去。每逢接到家信，我总不敢马上拆看，我怕，怕，怕，怕有那不祥的消息。人，即使活到八九十岁，有母亲便可以多少还有点孩子气。失了慈母便像花插在瓶子里，虽然还有色有香，却失去了根。有母亲的人，心里是安定的。我怕，怕，怕家信中带来不好的消息，告诉我已是失了根的花草。

去年一年，我在家信中找不到关于老母的起居情况。我疑虑，害怕。我想象得到，如有不幸，家中念我流亡孤苦，或不忍相告。母亲的生日是在九月，我在八月半写去祝寿的信，算计着会在寿日之前到达。信中嘱咐千万把寿日的详情写来，使我不再疑虑。十二月二十六日，由文化劳军的大会上回来，我接到家信。我不敢拆读。就寝前，我拆开信，母亲已去世一年了！

生命是母亲给我的。我之能长大成人，是母亲的血汗灌养的。我之所以能成为一个不十分坏的人，是母亲感化的。我的性格，习惯，是母亲传给的。她一世未曾享过一天福，临死还吃的是粗粮。唉！还说什么呢？心痛！心痛！

我的母亲[①]

胡　适

我小时身体弱，不能跟着野蛮的孩子们一块儿玩。我母亲也不准我和他们乱跑乱跳。小时不曾养成活泼游戏的习惯，无论在什么地方，我总是文绉绉的。所以家乡老辈都说我“像个先生样子”，遂叫我做“穈先生”。这个绰号叫出去之后，人都知道三先生的小儿子叫做穈先生了，既有“先生”之名，我不能不装出点“先生”样子，更不能跟着顽童们“野”了。有一天，我在我家八字门口和一班孩子“掷铜钱”，一位老辈走过，见了我，笑道：“穈先生也掷铜钱吗？”我听了羞愧得面红耳热，觉得太失了“先生”的身份！

大人们鼓励我装先生样子，我也没有嬉戏的能力和习惯，又因为我确是喜欢看书，所以我一生可算是不曾享过儿童游戏的生活。每年秋天，我的庶祖母同我到田里去“监割”（顶好的田，水旱无忧，收成最好，佃户每约田主来监割，打下谷子，两家平分），我总是坐在小树下

① 本文节选自《四十自述》。

看小说。十一二岁时，我稍活泼一点，居然和一群同学组织了一个戏剧班，做了一些木刀竹枪，借得了几副假胡须，就在村口田里做戏。我做的往往是诸葛亮、刘备一类的文角儿；只有一次我做史文恭，被花荣一箭从椅子上射倒下去，这算是我最活泼的玩艺儿了。

我在这九年（1895—1904）之中，只学得了读书写字两件事。在文字和思想（看文章）的方面，不能不算是打了一点儿底子。但别的方面都没有发展的机会。有一次我们村里“当朋”（八都凡五村，称为“五朋”，每年一村轮着做太子会，名为“当朋”），筹备太子会，有人提议要派我加入前村的昆腔队学习吹笙或吹笛。族里长辈反对，说我年纪太小，不能跟着太子会走遍五朋。于是我便失掉了这学习音乐的唯一机会。三十年来，我不曾拿过乐器，也全不懂音乐；究竟我有没有一点学音乐的天资，我至今还不知道。至于学图画，更是不可能的事。我常常用竹纸蒙在小说书的石印绘像上，摹画书上的英雄美人。有一天，被先生看见了，挨了一顿大骂，抽屉里的图画都被搜出撕毁了。于是我又失掉了学做画家的机会。

但这九年的生活，除了读书看书之外，究竟给了我一点儿做人的训练。在这一点上，我的恩师就是我的慈母。

每天天刚亮时，我母亲就把我喊醒，叫我披衣坐起。我从不知道她醒来坐了多久了。她看我清醒了，才对我说昨天我做错了什么事，说错了什么话，要我认错，要我用功读书。有时候她对我说父亲的种种好处，她说：“你总要踏上你老子的脚步。我一生只晓得这一个完全的人，你要学他，不要跌他的股。”（股便是丢脸、出丑。）她说到伤心处，往往掉下泪来。到天大明时，她才把我的衣服穿好，催我去上早学。学堂门上的锁匙放在先生家里；我先到学堂门口一望，便跑到先生家里去敲门。先生家里有人把锁匙从门缝里递出来，我拿了跑回去，开了门，坐下念生书。十天之中，总有八九天我是第一个去开学堂门的。等到先生来了，我背了生书，才回家吃早饭。

我母亲管束我最严，她是慈母兼严父。但她从来不在别人面前骂我一句，打我一下。我做错了事，她只对我一望，我看见了她的严厉眼光，就吓住了。犯的事小，她等到第二天早晨我睡醒时才教训我。犯的事大，她等到晚上人静时，关了房门，先责备我，然后行罚，或罚跪，或拧我的肉，无论怎样重罚，总不许我哭出声音来。她教训儿子不是借此出气叫别人听的。

有一个初秋的傍晚，我吃了晚饭，在门口玩，身上只穿着一件单背心。这时候我母亲的妹子玉英姨母在我家住，她怕我冷了，拿了一件小衫出来叫我穿上。我不肯穿，她说："穿上吧，凉了。"我随口回答："娘（凉），什么！老子都不老子呀。"我刚说了这句话，一抬头，看见母亲从家里走出，我赶快把小衫穿上。但她已听见这句轻薄的话了。晚上人静后，她罚我跪下，重重的责罚了一顿。她说："你没了老子，是多么得意的事！好用来说嘴！"她气得坐着发抖，也不许我上床去睡。我跪着哭，用手擦眼泪，不知擦进了什么微菌，后来足足害了一年多的眼翳病。医来医去，总医不好。我母亲心里又悔又急，听说眼翳可以用舌头舔去，有一夜她把我叫醒，她真用舌头舔我的病眼。这是我的严师，我的慈母。

我母亲二十三岁做了寡妇，又是当家的后母。这种生活的痛苦，我的笨笔写不出万分之一二。家中经济本不宽裕，全靠二哥在上海经营调度。大哥从小就是败子，吸鸦片烟，赌博，钱到手就光，光了就回家打主意，见了香炉就拿出去卖，捞着锡茶壶就拿出去押。我母亲几次邀了本家长辈来，给他定下每月用费的数目。但他总不够用，到处都欠下烟债赌债。每年除夕我家中总有一大群讨债的，每人一盏灯笼，坐在大厅上不肯去。大哥早已避出去了。大厅的两排椅子上满满的都是灯笼和债主。我母亲走进走出，料理年夜饭、谢灶神、压岁钱等事，只当做不曾看见这一群人。到了近半夜，快要“封门”了，我母亲才走后门出去，央一位邻舍本家到我家来，每一家债户开发一点钱。作好作歹的，这一群讨债的才一个一个提着灯笼走出去。一会儿，大哥敲门回来了。我母亲从不骂他一句。并且因为是新年，她脸上从不露出一点怒色。这样的过年，我过了六七次。

大嫂是个最无能而又最不懂事的人，二嫂是个很能干而气量很窄小的人。她们常常闹意见，只因为我母亲的和气榜样，她们还不曾有公然相打相骂的事。她们闹气时，只是不说话，不答话，把脸放下来，叫人难看；二嫂生气时，脸色变青，更是怕人。她们对我母亲闹气时，也是如此。我起初全不懂得这一套，后来也渐渐懂得看人的脸色了。我渐渐明白，世间最可厌恶的事莫如一张生气的脸；世间最下流的事莫如把生气的脸摆给旁人看。这比打骂更难受。

我母亲的气量大，性子好，又因为做了后母后婆，她更事事留心，事事格外容忍。大哥的女儿比我只小一岁，她的饮食衣料总是和我的一样。我和她有小争执，总是我吃亏，母亲总是责备我，要我事事让她。后来大嫂、二嫂都生了儿子了，她们生气时便打骂孩子来出气，一面打，一面用尖刻有刺的话骂给别人听。我母亲只装做没听见。有时候，她实在忍不住了，便悄悄走出门去，或到左邻立大嫂家去坐一会，或走后门到后邻度嫂家去闲谈。她从不和两个嫂子吵一句嘴。

每个嫂子一生气，往往十天半个月不歇，天天走进走出，板着脸，咬着嘴，打骂小孩子出气。我母亲只忍耐着，忍到实在不可再忍的一天，她也有她的法子。这一天的天明时，她就不起床，轻轻地哭一场。她不骂一个人，只哭她的丈夫，哭她自己命苦，留不住她丈夫来照管她。她刚哭时，声音很低，渐渐哭出声来。我醒了起来劝她，她不肯住。这时候，我总听得见前堂（二嫂住前堂东房）或后堂（大嫂住后堂西房）有一扇门开了，一个嫂子走出房向厨房走去。不多一会，那位嫂子来敲我们的房门了。我开了房门，她走进来，捧着一碗热茶。我母亲慢慢止住哭声，伸手接了茶碗。那位嫂子站着劝一会儿，才退出去，没有一句话提到什么人，也没有一个字提到这十天半个月来的气脸，然而各人心里明白，泡茶进来的嫂子总是那十天半个月来闹气的人，奇怪得很，这一哭之后，至少有一两个月的太平清净日子。

我母亲待人最仁慈，最温和，从来没有一句伤人感情的话。但她有时候也很有刚气，不受一点人格上的侮辱。我家五叔是个无正业的浪人，有一天在烟馆里发牢骚，说我母亲家中有事总请某人帮忙，大概总有什么好处给他。这句话传到了我母亲耳朵里，她气得大哭，请了几位本家来，把五叔喊来，她当面质问他她给了某人什么好处。直到五叔当众认错赔罪，她才罢休。

我在我母亲的教训之下度过了少年时代，受了她的极大极深的影响。我十四岁（其实只有十二岁零两三个月）就离开她了。在这广漠的人海里独自混了二十多年，没有一个人管束过我。如果我学得了一丝一毫的好脾气，如果我学得了一点点待人接物的和气，如果我能宽恕人，体谅人——我都得感谢我的慈母。

永久的憧憬和追求

萧　红

一九一一年，在一个小县城里边，我生在一个小地主的家里。那县城差不多就是中国的最东最北部——黑龙江省——所以一年之中，例有四个月飘着白雪。

父亲常常为着贪婪而失掉了人性。他对待仆人，对待自己的儿女，以及对待我的祖父都是同样的吝啬而疏远，甚至于无情。

有一次，为着房屋租金的事情，父亲把房客的全套的马车赶了过来。房客的家属们哭着，诉说着，向着我的祖父跪了下来，于是祖父把两匹棕色的马从车上解下来还了回去。

为着这两匹马，父亲向祖父起着终夜的争吵。“两匹马，咱们是不算什么的，穷人，这两匹马就是命根。”祖父这样说着，而父亲还是争吵。

九岁时，母亲死去。父亲也就更变了样，偶然打碎了一只杯子，他就要骂到使人发抖的程度。后来就连父亲的眼睛也转了弯，每从他的身边经过，我就像自己的身上生了针刺一样：他斜视着你，他那高傲的眼光从鼻梁经过嘴角而后往下流着。

所以每每在大雪中的黄昏里，围着暖炉，围着祖父：听着祖父读着诗篇，看着祖父读着诗篇时微红的嘴唇。

父亲打了我的时候，我就在祖父的房里，一直面向着窗子，从黄昏到深夜——窗外的白雪，好像白棉一样的飘着；而暖炉上水壶的盖子，则像伴奏的乐器似的振动着。

祖父时时把多纹的两手放在我的肩上，而后又放在我的头上，我的耳边便响着这样的声音：

“快快长吧！长大就好了。”

二十岁那年，我就逃出了父亲的家庭。直到现在还是过着流浪的生活。

“长大”是“长大”了，而没有“好”。

可是从祖父那里，知道了人生除掉了冰冷和憎恶而外，还有温暖和爱。

所以我就向这“温暖”和“爱”的方面，怀着永久的憧憬和追求。

一九三六年十二月十二日

恐怖

石评梅

父亲的生命是秋深了。如一片黄叶系在树梢。十年，五年，三年以后，明天或许就在今晚都说不定。因之，无论大家怎样欢欣团聚的时候，一种可怕的暗影，或悄悄飞到我们眼前。就是父亲在喜欢时，也会忽然的感叹起来！尤其是我，脆弱的神经，有时想的很久远很恐怖。父亲在我家里是和平之神。假如他有一天离开人间，那我和母亲就沉沦在更深的苦痛中了。维持我今日家庭的绳索是父亲，绳索断了，那自然是一种莫测高深的陨坠了。

逆料多少年大家庭中压伏的积怨，总会爆发的。这爆发后毁灭一切的火星落下时，怕懦弱的母亲是不能逃免！我爱护她，自然受同样的创缚，处同样的命运是无庸疑议了。那时人们一切的矫饰虚伪，都会褪落的，心底的刺也许就变成弦上的箭了。

多少隐恨说不出在心头。每年归来，深夜人静后，母亲在我枕畔偷偷流泪！我无力挽回她过去铸错的命运，只有精神上同受这无期的刑罚。有时我虽离开母亲，凄冷风雨之夜，灯残梦醒之时，耳中犹仿佛听见枕畔有母亲眼泪的声音。不过我还很欣慰父亲的健在，一切都能给她作防御的盾牌。

谈到父亲，七十多年的岁月，也是和我一样颠沛流离，忧患丛生，痛苦过于幸福。每次和我们谈到他少年事，总是残泪沾襟不忍重提。这是我的罪戾啊！不能用自己软弱的双手，替父亲抚摸去这苦痛的瘢痕。

我自然是萍踪浪迹，不易归来；但有时交通阻碍也从中作梗。这次回来后，父亲很想乘我在面前，预嘱他死后的诸事，不过每次都是泪眼模糊，断续不能尽其辞。有一次提到他墓穴的建修，愿意让我陪他去看看工程，我低头咽着泪答应了。

那天夜里，母亲派人将父亲的轿子预备好，我和曾任监工的族叔蔚文同着去，打算骑了姑母家的驴子。

翌晨十点钟出发：母亲和芬嫂都嘱咐我好好招呼着父亲，怕他见了自己的坟穴难过；我也不知道怎样安慰防备着，只觉心中感到万分惨痛。一路很艰险，经过都是些崎岖山径；同样是青青山色，潺潺流水，但每人心中都抑压着一种凄怆，虽然是旭日如烘，万象鲜明，而我只觉前途是笼罩一层神秘恐怖黑幕，这黑幕便是旅途的终点，父亲是一步一步走近这伟大无涯的黑幕了。

在一个高堑如削的山峰前停住，父亲的轿子落在平地。我慌忙下了驴子向前扶着，觉他身体有点颤抖，步履也很软弱，我让他坐在崖石上休息一会。这真是一个风景幽美的地方，后面是连亘不断的峰峦，前面是青翠一片麦田；山峰下隐约林中有炊烟，有鸡唱犬吠的声音。父亲指着说：

“那一带村庄是红叶沟，我的祖父隐居在这高塔的庙里，那庙叫华严寺。有一股温泉，流汇到这庙后的崖下。土人传说这泉水可以治眼病呢！我小时候随着祖父，在这里读书；已经有三十多年不来了，人事过的真快呵！不觉得我也这样老了。”父亲仰头叹息着。

蔚叔领导着进了那摩云参天的松林，苍绿阴森的阴影下，现出无数冢墓，矗立着倒斜着风雨剥蚀的短碣碑。地上丛生了许多草花，红的黄的紫的夹杂着十分好看。蔚叔回转进一带白杨，我和父亲慢步徐行，阵阵风吹，声声蝉鸣，都现得惨淡空寂，静默如死。

蔚叔站住了，面前堆满了磨新的青石和沙屑，那旁边就是一个深的洞穴，这就是将来掩埋父亲尸体的坟墓。我小心看着父亲，他神色显得异样惨淡，银须白发中，包掩着无限的伤痛。

一阵风吹起父亲的袍角，银须也缓缓飘拂到左襟；白杨树上叶子磨擦的声音，如幽咽泣诉，令人酸哽，这时他颤巍巍扶着我来到墓穴前站定。

父亲很仔细周详的在墓穴四周看了一遍，觉得很如意。蔚叔又和他筹划墓头的式样，他还能掩饰住悲痛说：

“外面的式样坚固些就成啦；不要太讲究了，靡费金钱。只要里面干燥光滑一点，棺木不受伤就可以了。”

回头又向我说：

“这些事情原不必要我自己做，不过你和璜哥，整年都在外面；我老了，无可讳言是快到坟墓去了。在家也无事，不愁穿，不愁吃，有时就愁到我最后的安置。棺木已扎好了，里子也裱漆完了。衣服呢，我不愿意穿前清的遗服或现在的袍褂。我想走的时候穿一身道袍。璜哥已由汉口给我寄来了一套，鞋帽都有，那天请母亲找出来你看看。我一生廉洁寒苦，不愿浪费，只求我心身安适就成了。都预备好后，省临时麻烦，不然你们如果因事忙因道阻不能回来时，不是要焦急吗？我愿能悄悄地走了，不要给你们灵魂上感到悲伤。生如寄，死如归，本不必认真呵！”

我低头不语，怕他难过，偷偷把泪咽下去。等蔚叔扶父亲上了轿后，我才取出手绢擦泪。

临去时我向松林群冢望了一眼，再来时怕已是一个梦醒后。

跪在洞穴前祷告上帝：愿以我青春火焰，燃烧父亲残弱的光辉！千万不要接引我的慈爱父亲来到这里呵！

这是我第二次感到坟墓的残忍可怕，死是这样伟大的无情。

做了父亲

叶圣陶

假若至今还没有儿女，是不是要与有些人一样，感到是人生的缺憾，心头总有这么一个失望牵萦着呢？

我与妻都说不至于吧。一些人没有儿女感到缺憾，因为他们认为儿女是他们份所应得的，应得而不得，当然要失望。也许有人说没有儿女就是没有给社会尽力，对于种族的绵延没有尽责任，那是颇为冠冕堂皇的话，是随后找来给自己解释的理由，查问到根柢，还是个得不到应得的不满足之感而已。我们以为人生的权利固有多端，而儿女似乎不在多端之内，所以说不至于。

但是儿女早已出生了，这个设想无从证实。在有了儿女的今日，设想没有儿女，自然觉得可以不感缺憾；倘若今日真个还没有儿女，也许会感到非常寂寞，非常惆怅吧。这是说不定的。

教育是专家的事业，这句话近来几乎成了口号，但是这意义仿佛向来被承认的。然而一为父母就得兼充专家也是事实。非专家的专家担起教育的责任来，大概走两条路：一是尽许多不必要的心，结果是“非徒无益，而又害之”；一是给了个“无所有”，本应在儿女的生活中给充实些什么，可是并没有把该给充实的付与儿女。

自家反省，非意识地走的是后一条路。虽然也像一般父亲一样，被一家人用作镇压孩子的偶像，在没法对付时，就“爹爹，你看某某！”这样喊出来，有时被引动了感情，骂一顿甚至打一顿的事也有；但是收场往往像两个孩子争闹似的，说着“你不那样，我也就不这样”的话，其意若曰彼此再别说这些，重复和好了吧。这中间积极的教训之类是没有的。

不自命为“名父”的，大多走与我同样的路。

自家就没有什么把握，一切都在学习试验之中，怎么能给后一代人预先把立身处世的道理规定好了教给他们呢？

学校，我想也不是与儿女有什么了不起的关系的。学习一些符号，懂得一些常识，结交若干朋友，度过若干岁月，如是而已。

以前曾经担过忧虑，因为自家是小学教员出身，知道小学的情形比较清楚，以为像个模样的小学太少了，儿女达到入学年龄的时候将无处可送。现在儿女三个都进了学校，学校也不见特别好，但是我毫不存勉强迁就的意思。

一定要有理想的小学才把儿女送去，这无异看儿女作特别珍贵特别柔弱的花草，所以要保藏在装着暖气管的玻璃花房里。特别珍贵么，除了有些国家的华胄贵族，谁也不肯对儿女作这样的夸大口吻。特别柔弱么，那又是心所不甘，要抵当得风雨，经历得霜雪，这才可喜。——我现在作这样想，自笑以前的忧虑殊属无谓。

何况世间为生活所限制，连小学都不得进的多得很，他们一样要挺直身躯立定脚跟做人。学校好坏于人究竟有何等程度的关系呢？——这样想时，以前的忧虑尤见得我的浅陋了。

我这方面既然给了个“无所有”，学校方面又没有什么了不起的关系，这就拦到了角落里，儿女的生长只有在环境的限制之内，凭他们自己的心思能力去应付一切。这里所谓环境，包括他们所有遭值的事和人物，一饮一啄，一猫一狗，父母教师，街市田野，都在里头。

做父亲的真欲帮助儿女仅有一途，就是诱导他们，让他们锻炼这种心思能力。若去请教专门的教育者，当然，他将说出许多微妙的理论，但是要义大致也不外乎此。

可是，怎样诱导呢？我就茫然了。虽然知道应该往哪一方向走，但是没有往前走的实力，只得站在这里，搓着空空的一双手，与不曾知道方向的并无两样。我很明白，对儿女最抱歉的就是这一点，将来送不送他们进大学倒没有多大关系。因为适宜的诱导是在他们生命的机械里加添燃料，而送进大学仅是给他们文凭、地位，以便剥削他人而已。（有人说起振兴大学教育可以救国，不知如何，我总不甚相信，却往往想到这样不体面的结论上去。）

他们应付环境不得其当甚至应付不了的时候，一定会怅然自失，心里想，如果父亲早给点儿帮助，或者不至于这样无所措吧。这种归咎，我不想躲避，也没法躲避。

对于儿女也有我的希望。

一句话而已，希望他们胜似我。

所谓人间所谓社会虽然很广漠，总直觉地希望它有进步。而人是构成人间社会的。如果后代无异前代，那就是站在老地方没有前进，徒然送去了一代的时光，已属不妙。或者更甚一点，竟然“一代不如一代”，试问人间社会经得起几回这样的七折八扣呢！凭这么想，我希望儿女必须胜似我。

爬上西湖葛岭那样的山就会气喘，提十斤左右重的东西走一两里路胳膊就会酸好几天，我这种身体是完全不行的。我希望他们有强壮的身体。

人家问一句话一时会答不上来，事务当前会十分茫然，不知怎样处置或判断，我这种心灵是完全不行的。我希望他们有明澈的心灵。

说到职业，现在干的是笔墨的事，要说那干系之大，当然可以戴上文化或教育的高帽子，于是仿佛觉得并非无聊，但是能够像工人农人一样，拿出一件供人家切实应用的东西来么？没有！自家却使用了人家生产的切实应用的东西，岂非也成了可羞的剥削阶级？文化或教育的高帽子只能掩饰丑脸，聊自解嘲而已，别无意义。这样想时，更菲薄自己，达于极点。我希望他们与我不一样：至少要能够站在人前宣告道：“凭我们的劳力，产生了切实应用的东西，这里就是！”其时手里拿的是布匹米麦之类；即使他们中间有一个成为玄学家，也希望他同时铸成一些齿轮或螺丝钉。

一九三〇年十一月

我的母亲

邹韬奋

说起我的母亲，我只知道她是“浙江海宁查氏”，至今不知道她有什么名字！这件小事也可表示今昔时代的不同。现在的女子未出嫁的固然很“勇敢”地公开着她的名字，就是出嫁了的，也一样地公开着她的名字。不久以前，出嫁后的女子还大多数要在自己的姓上面加上丈夫的姓；通常人们的姓名只有三个字，嫁后女子的姓名往往有四个字。在我年幼的时候，知道担任商务印书馆出版的《妇女杂志》笔政的朱胡彬夏，在当时算是有革命性的“前进的”女子了，她反抗了家里替她订的旧式婚姻，以致她的顽固的叔父宣言要用手枪打死她，但是她却仍在“胡”字上面加着一个“朱”字！近来的女子就有很多在嫁后仍只用自己的姓名，不加不减。这意义表示女子渐渐地有着她们自己的独立的地位，不是属于任何人所有的了。但是在我的母亲的时代，不但不能学“朱胡彬夏”的用法，简直根本就好像没有名字！我说“好像”，因为那时的女子也未尝没有名字，但在实际上似乎就用不着。像我的母亲，我听见她的娘家的人们叫她做“十六小姐”，男家大家族里的人们叫她做

“十四少奶”，后来我的父亲做官，人们便叫做“太太”，始终没有用她自己名字的机会！我觉得这种情形也可以暗示妇女在封建社会里所处的地位。

我的母亲在我十三岁的时候就去世了。我生的那一年是在九月里生的，她死的那一年是在五月里死的，所以我们母子两人在实际上相聚的时候只有十一年零九个月。我在这篇文里对于母亲的零星追忆，只是这十一年里的前尘影事。

我现在所能记得的最初对于母亲的印象，大约在两三岁的时候。我记得有一天夜里，我独自一人睡在床上，由梦里醒来，朦胧中睁开眼睛，模糊中看见由垂着的帐门射进来的微微的灯光。在这微微的灯光里瞥见一个青年妇人拉开帐门，微笑着把我抱起来。她嘴里叫我什么，并对我说了什么，现在都记不清了，只记得她把我负在她的背上，跑到一个灯光灿烂人影憧憧往来的大客厅里，走来走去“巡阅”着。大概是元宵吧，这大客厅里除有不少成人谈笑着外，有二三十个孩童提着各色各样的纸灯，里面燃着蜡烛，三五成群地跑着玩。我此时伏在母亲的背上，半醒半睡似的微张着眼看这个，望那个。那时我的父亲还在和祖父同住，过着“少爷”的生活；父亲有十来个弟兄，有好几个都结了婚，所以这大家族里看着这么多的孩子。母亲也做了这大家族里的一分子。她十五岁就出嫁，十六岁那年养我，这个时候才十七八岁。我由现在追想当时伏在她的背上睡眼惺松所见着的她的容态，还感觉到她的活泼的、欢悦的、柔和的、青春的美。我生平所见过的女子，我的母亲是最美的一个，就是当时伏在母亲背上的我，也能觉到在那个大客厅里许多妇女里面，没有一个及得到母亲的可爱。我现在想来，大概在我睡在房里的时候，母亲看见许多孩子玩灯热闹，便想起了我，也许蹑手蹑脚到我床前看了好几次，见我醒了，便负我出去一饱眼福。这是我对母亲最初的感觉，虽则在当时的幼稚脑袋里当然不知道什么叫做母爱。

后来祖父年老告退，父亲自己带着家眷在福州做候补官。我当时大概有了五六岁，比我小两岁的二弟已生了。家里除父亲母亲和这个小弟弟外，只有母亲由娘家带来的一个青年女仆，名叫妹仔。“做官”似乎怪好听，但是当时父亲赤手空拳出来做官，家里一贫如洗。我还记得，父亲一天到晚不在家里，大概是到“官场”里“应酬”去了，家里没有米下锅；妹仔替我们到附近施米给穷人的一个大庙里去领“仓米”，要先在庙前人山人海里面拥挤着领到竹签，然后拿着竹签再从挤得水泄不通的人群中，带着粗布袋挤到里面去领米；母亲在家里横抱着哭涕着的二弟踱来踱去，我在旁坐在一只小椅上呆呆地望着母亲，当时不知道这就是穷的景象，只诧异着母亲的脸何以那样苍白，她那样静寂无语地好像有着满腔无处诉的心事。妹仔和母亲非常亲热，她们竟好像母女，共患难，直到母亲病得将死的时候，她还是不肯离开她，以孝女自居，寝食俱废地照顾着母亲。

母亲喜欢看小说，那些旧小说，她常常把所看的内容讲给妹仔听。她讲得娓娓动听，妹仔听着忽而笑容满面，忽而愁眉双锁。章回的长篇小说一下讲不完，妹仔就很不耐地等着母亲再看下去，看后再讲给她听。往往讲到孤女患难，或义妇含冤的凄惨的情形，她两人便都热泪盈眶，泪珠尽往颊上涌流着。那时的我立在旁边瞧着，莫名其妙，心里不明白她们为什么那样无缘无故地挥泪痛哭一顿，和在上面看到穷的景象一样地不明白其所以然。现在想来，才感觉到母亲的情感的丰富，并觉得她的讲故事能那样地感动着妹仔。如果母亲生在现在，有机会把自己造成一个教员，必可成为一个循循善诱的良师。

我六岁的时候，由父亲自己为我“发蒙”，读的是《三字经》，第一天上的课是“人之初，性本善；性相近，习相远”。一点儿莫名其妙！一个人坐在一个小客厅的炕床上“朗诵”了半天，苦不堪言！母亲觉得非请一位“西席”老夫子，总教不好，所以家里虽一贫如洗，情愿节衣缩食，把省下的钱请一位老夫子。说来可笑，第一个请来的这位老夫子，每月束脩只须四块大洋（当然供膳宿），虽则这四块大洋，在母亲已是一件很费筹措的事情。我到十岁的时候，读的是“孟子见梁惠王”，教师的每月束脩已加到十二元，算增加了三倍。到年底的时候，父亲要“清算”我平日的功课，在夜里亲自听我背书，很严厉，桌上放着一根两指阔的竹板。我的背向着他立着背书，背不出的时候，他提一个字，就叫我回转身来把手掌展放在桌上，他拿起这根竹板很重地打下来。我吃了这一下苦头，痛是血肉的身体所无法避免的感觉，当然失声地哭了，但是还要忍住哭，回过身去再背。不幸又有一处中断，背不下去，经他再提一字，再打一下。呜呜咽咽地背着那位前世冤家的“见梁惠王”的“孟子”！我自己呜咽着背，同时听得见坐在旁边缝纫着的母亲也唏唏嘘嘘地泪如泉涌地哭着。我心里知道她见我被打，她也觉得好像刺心的痛苦，和我表着十二分的同情，但她却时时从呜咽着的断断续续的声音里勉强说着“打得好”！她的饮泣吞声，为的是爱她的儿子；

勉强硬着头皮说声“打得好”，为的是希望她的儿子上进。由现在看来，这样的教育方法真是野蛮之至！但于我不敢怪我的母亲，因为那个时候就只有这样野蛮的教育法；如今想起母亲见我被打，陪着我一同哭，那样的母爱，仍然使我感念着我的慈爱的母亲。背完了半本“梁惠王”，右手掌打得发肿有半寸高，偷向灯光中一照，通亮，好像满肚子装着已成熟的丝的蚕身一样。母亲含着泪抱我上床，轻轻把被窝盖上，向我额上吻了几吻。

当我八岁的时候，二弟六岁，还有一个妹妹三岁。三个人的衣服鞋袜，没有一件不是母亲自己做的。她还时常收到一些外面的女红来做，所以很忙。我在七八岁时，看见母亲那样辛苦，心里已知道感觉不安。记得有一个夏天的深夜，我忽然从睡梦中醒了起来，因为我的床背就紧接着母亲的床背，所以从帐里望得见母亲独自一人在灯下做鞋底，我心里又想起母亲的劳苦，辗转反侧睡不着，很想起来陪陪母亲。但是小孩子深夜不好好的睡，是要受到大人的责备的，就说是要起来陪陪母亲，一定也要被申斥几句，万不会被准许的（这至少是当时我的心理），于是想出一个借口来试试看，便叫声母亲，说太热睡不着，要起来坐一会儿。出乎我意料之外的，母亲居然许我起来坐在她的身边。我眼巴巴地望着她额上的汗珠往下流，手上一针不停地做着布鞋——做给我穿的。这时万籁俱寂，只听到滴搭的钟声，和可以微闻得到的母亲的呼吸。我心里暗自想念着，为着我要穿鞋，累母亲深夜工作不休，心上感到说不出的歉疚，又感到坐着陪陪母亲，似乎可以减轻些心里的不安成分。当时一肚子里充满着这些心事，却不敢对母亲说出一句。才坐了一会儿，又被母亲赶上床去睡觉，她说小孩子不好好的睡，起来干什么！现在我的母亲不在了，她始终不知道她这个小儿子心里有过这样的一段不敢说出的心理状态。

母亲死的时候才二十九岁，留下了三男三女。在临终的那一夜，她神志非常清楚，忍泪叫着一个一个子女嘱咐一番。她临去最舍不得的就是她这一群的子女。

我的母亲只是一个平凡的母亲，但是我觉得她的可爱的性格，她的努力的精神，她的能干的才具，都埋没在封建社会的一个家族里，都葬送在没有什么意义的事务上，否则她一定可以成为社会上一个更有贡献的分子。我也觉得，像我的母亲这样被埋没葬送掉的女子不知有多少！

一九三六年一月十日深夜

悲哀的玩具

李广田

依然不记得年龄，只知道是小时候罢了。

我不曾离开过我的乡村——除却到外祖家去——而对于自己的乡村又是这样的生疏，甚且有着几分恐怖。虽说只是一个村子吧，却有着三四里长的大街，漫说从我家所在的村西端到街东首去玩，那最热闹的街的中段，也不曾有过我的足迹，那时候我的世界是那样狭小而又那样广漠呀。

父亲在野外忙，母亲在家里忙，剩下的只有老祖母，她给我说故事，唱村歌，有时听着她的纺车声嗡嗡地响着，我便独自坐在一旁发呆。这样的，便是我的家了。

我也常到外面去玩，但总是自己一个。街上的孩子们都不和我一块游戏，即使为了凑人数而偶尔参加进去，不幸，我却每是作了某方面失败的原因，于是自己也觉得无趣了。起初是怕他们欺侮我，也许，欺侮了无能的孩子便不英雄吧，他们并不曾对我有什么欺侮，只是远离着我，然而这远离，就已经是向我欺侮了。时常，一个人踽踽地沿着墙角走回家去，“他们不和俺玩。”这样说着一头扑在了祖母的怀里，祖母摸着我的头顶，说：“好孩子，自己玩吧。”

虽然还是小孩子，寂寞的滋味是知道得很多了。到了成年的现在，也还是苦于寂寞，然而这寂寞已不是那寂寞，现在想起那孩子时代的寂寞，也觉得是颇可怀念的了。

父亲老是那么阴沉，那么严峻，仿佛历来就不曾看见过他有笑脸。母亲虽然是爱我——我心里如是想——但她从未背着父亲给我买过糖果，只说：“见人家买糖果就得走开。”虽然幼小，也颇知道母亲的用心了，见人家大人孩子围着敲糖锣的担子时，我便咽着唾沫，幽手幽脚地走开；后来，只要听到外面有糖锣声，便不再出门去了。

实际上说来，那时候也就只有祖母一个人是爱我的，她尽可能地安慰我，如用破纸糊了小风筝，用草叶作了小笛，用秫秸扎了车马之类，都很喜欢。某日，我刚从外边回家，她老远地用手招我，低声说：“来。”

我跑去了，“什么呢，奶奶？”我急喘地问。

“玩艺儿，孩子。”

说着，从针线筐里取出一包棉花，伸开看时，里面却是包着一只小麻雀。我简直喜得雀跃了。

“哪来的麻雀呀，奶奶？”

“拾的，从檐下。八成是它妈妈从窝里带出来的。”

“怎么带到地下来？”

“傻孩子！大麻雀在窝里抱它，要到外面去给它打食，不料出窝时飞得太猛了，就把它带了出来，几乎把它摔死哩。”

我半信半疑地，心里有点黯然了，原是只不幸的小麻雀呀，然而我有了好玩具了。立刻从床下取出了小竹筐，里面铺了棉花，上面蒙了布片，这就是我的鸟笼了。饿了便喂它，我吻它那黄嘴角；不饿也喂它，它却不开口了。携了竹筐在院里走来走去，母亲见了说：“你可有了好玩物了！”

这时，我心里暗暗地想道：那些野孩子，要远离就远离了吧，今后我就不再出门了，反正家里有祖母，又有了这玩物，要它长大起来能飞的时候就更好了。

晌午，父亲从野外归来，照例，一见他便觉得不快。但，我又怎晓得养麻雀是不应当呢！

“什么？”父亲厉声问。

“麻——雀——”我的头垂下了。

“拿过来！”话犹未了，小竹筐已被攫去了；不等我抬起头来，只听忽地一声，小竹筐已经飞上了屋顶。

我自然是哭了，哭也不敢高声，高声了不是就要挨打吗？当这些场合，母亲永远站在父亲一边，有时还说“狠打！狠打！”似乎又痛又恨的样子。有时候母亲也曾为了我而遭父亲的拳脚，这样的心，在作为小孩子的我就不大懂得了。最后，还是倒在祖母怀里去啜泣。这时，父亲好像已经息怒，只远远地说：“小孩子家，糟践信门①，还不给我下地去

① 糟践信门：即草菅生命。——作者原注

拾草去！”接着是一声叹气。

祖母低声骂着，说：“你爹不是好东西，上不痛老的，下不痛小的，只知道省吃俭用敲坷垃[1]！不要哭了，好孩子，到明天奶奶爬树给你摸只小野鹊吧。”说着，给我擦眼泪。

哭一阵，什么也忘了，反正，这类事是层出不穷的。究竟那只小麻雀的下落怎样，已经不记得了。似乎到了今日才又关心到了二十年前的那只小麻雀，那只不幸的小麻雀，我觉得它是更可哀的了，离开了父母的爱，离开了兄弟姐妹，离开了温暖的巢穴被老祖母捡到了我的小竹筐里，不料又被父亲给抛到那荒凉的屋顶上去，寂寞的小鸟，没有爱的小鸟，遭了厄运的小鸟！

在当时，确是恨着父亲的，现在却是不然：反觉得他是可悯的。正当我想起：一个头发已经斑白的农夫，还是在披星戴月地忙碌，为饥寒所逼迫，为风日所摧损，前面也只剩着短短的岁月了，便不由地悲伤起来。而且，他生自土中，长自土中，从年少就用了他的污汗去灌溉那些砂土，想从那些砂土里去取得一家老幼之所需，父亲有着那样的脾气，也是无足怪的了。听说，现在他更衰老了些，而且也时常念想到他久客他乡的儿子。

---

① 敲坷垃：即劳苦种田。——作者原注

松林

丽　尼

松林不断地喟叹着，说着我父亲底声音。乌鹊在月下鸣噪了——不安定的今夜晚啊！

有我父亲底脸面出现出来，朦胧地，好像是挂在松林底那一端，一个枝丫上头。

父亲仍然是有着那一张忧郁的脸。

被遗忘了的死去的父亲底脸面，又出现在这异乡的松林之中了。

在那时，父亲还是中年，然而，也会常常忧郁。父亲带着我走过村庄南边的松林，小山上面，乳白色的径路，在月下蜿曲着。

父亲突然停止了脚步，眼睛沉重地望着一个枝丫。

“老三，可还记得祖父？”

“不记得了。”

父亲望着我，迟疑了一会儿，似乎是不知道应不应当引起我底记忆。

松林喟叹了，父亲底眼睛湿润着被忍住的眼泪。

父亲低着头，似乎是对自己说着，声音低而沉重：

“祖父是一个长工，一个能干的长工……”父亲停止着，不能继续下去。

我直视着父亲底脸，但是，父亲仍然是低着头。

“后来，祖父得了痨病，不能当长工了。祖父没有一升一碗田地，只有我一个儿子，一个养不活祖父的儿子。……在五十二岁的时候，在像今天的一个夜晚，祖父用了到松林来捆松柴的绳子，把自己吊死了，就在这个枝丫上面。”

我没有说什么。我只感觉着我底喉头梗塞。我低着头，看着父亲身边系的一条腰带。我模糊地意识到父亲也是一个忠实而能干的长工，只是有着痨病；而我，则是在我还没有生出以前就命定地被派成了一个终身的长工的。父亲也是没有一升一碗田地。

“我今年四十二岁了，老三。”父亲继续说着，呛咳的声音如同野狼底嗥叫，震彻了整个松林。

不久以后，父亲就没有长工可做。

松林喟叹着，父亲并没有想出他自己底处理自己的方法。

在父亲承继着祖父底方法，用自己底裤带将自己吊死在松树枝上以后，我就流落到这个城市来了。

在这城市中，我是懦弱而畏怯的少年人。我害怕着人们底陌生而敌视的眼睛，我更害怕着那静僻的马路旁边的野梧桐树底枝丫。野梧桐对于我是比松树枝还要可怕的植物。

无论在乡村和城市，都有着两个世界。

有两条路横在前面。我祖父和父亲指示了一条。

松林不断地喟叹着，在这都市底边沿。

世界是静止的，同时，又是在沸腾着了。

一九三四年九月

第二辑

兄

风筝

鲁　迅

北京的冬季，地上还有积雪，灰黑色的秃树枝丫叉于晴朗的天空中，而远处有一二风筝浮动，在我是一种惊异和悲哀。

故乡的风筝时节，是春二月，倘听到沙沙的风轮声，仰头便能看见一个淡墨色的蟹风筝或嫩蓝色的蜈蚣风筝。还有寂寞的瓦片风筝，没有风轮，又放得很低，伶仃地显出憔悴可怜模样。但此时地上的杨柳已经发芽，早的山桃也多吐蕾，和孩子们的天上的点缀相照应，打成一片春日的温和。我现在在那里呢？四面都还是严冬的肃杀，而久经诀别的故乡的久经逝去的春天，却就在这天空中荡漾了。

但我是向来不爱放风筝的，不但不爱，并且嫌恶他，因为我以为这是没出息孩子所做的玩艺。和我相反的是我的小兄弟，他那时大概十岁内外罢，多病，瘦得不堪，然而最喜欢风筝，自己买不起，我又不许放，他只得张着小嘴，呆看着空中出神，有时至于小半日。远处的蟹风筝突然落下来了，他惊呼；两个瓦片风筝的缠绕解开了，他高兴得跳跃。他的这些，在我看来都是笑柄，可鄙的。

有一天，我忽然想起，似乎多日不很看见他了，但记得曾见他在后园拾枯竹。我恍然大悟似的，便跑向少有人去的一间堆积杂物的小屋去，推开门，果然就在尘封的什物堆中发见了他。他向着大方凳，坐在小凳上；便很惊惶地站了起来，失了色瑟缩着。大方凳旁靠着一个胡蝶风筝的竹骨，还没有糊上纸，凳上是一对做眼睛用的小风轮，正用红纸条装饰着，将要完工了。我在破获秘密的满足中，又很愤怒他的瞒了我的眼睛，这样苦心孤诣地来偷做没出息孩子的玩艺。我即刻伸手折断了胡蝶的一支翅骨，又将风轮掷在地下，踏扁了。论长幼，论力气，他是都敌不过我的，我当然得到完全的胜利。于是傲然走出，留他绝望地站在小屋里。后来他怎样，我不知道，也没有留心。

然而我的惩罚终于轮到了，在我们离别得很久之后，我已经是中年。我不幸偶而看了一本外国的讲论儿童的书，才知道游戏是儿童最正当的行为，玩具是儿童的天使。于是二十年来毫不忆及的幼小时候对于精神的虐杀的这一幕，忽地在眼前展开，而我的心也仿佛同时变了铅块，很重很重地堕下去了。

但心又不竟堕下去而至于断绝，他只是很重很重地堕着，堕着。

我也知道补过的方法的：送他风筝，赞成他放，劝他放，我和他一同放。我们嚷着，跑着，笑着。——然而他其时已经和我一样，早已有了胡子了。

我也知道还有一个补过的方法的：去讨他的宽恕，等他说，“我可是毫不怪你呵。”那么，我的心一定就轻松了，这确是一个可行的方法。有一回，我们会面的时候，是脸上都已添刻了许多“生”的辛苦的条纹，而我的心很沉重。我们渐渐谈起儿时的旧事来，我便叙述到这一节，自说少年时代的胡涂。“我可是毫不怪你呵。”我想，他要说了，我即刻便受了宽恕，我的心从此也宽松了罢。

“有过这样的事么？”他惊异地笑着说，就像旁听着别人的故事一样。他什么也不记得了。

全然忘却，毫无怨恨，又有什么宽恕之可言呢？无怨的恕，说谎罢了。

我还能希求什么呢？我的心只得沉重着。

现在，故乡的春天又在这异地的空中了，既给我久经逝去的儿时的回忆，而一并也带着无可把握的悲哀。我倒不如躲到肃杀的严冬中去罢，——但是，四面又明明是严冬，正给我非常的寒威和冷气。

一九二五年一月二十四日

关于鲁迅之二

周作人

我为《宇宙风》写了一篇关于鲁迅的学问的小文之后便拟暂时不再写这类文章，所以有些北平天津东京的新闻杂志社的嘱托都一律谢绝了，因为我觉得多写有点近乎投机学时髦，虽然我所有的资料都是事实，并不是普通《宦乡要则》里的那些祝文祭文。说是事实，似乎有价值却也没价值，因为这多是平淡无奇的，不是奇迹，不足以满足观众的欲望。一个人的平淡无奇的事实本是传记中的最好资料，但唯一的条件是要大家把他当做“人”去看，不是当做“神”，——即是偶像或傀儡，这才有点用处，若是神则所需要者自然别有神话与其神学在也。乃宇宙风社来信，叫我再写一篇，略说豫才在东京时的文学的修养，算作前文的补遗，因为我在那里边曾经提及，却没有叙述。这也成为一种理由，所以补写了这篇小文，姑且当作一点添头也罢。

豫才的求学时期可以分作三个段落，即自光绪戊戌（一八九八）至辛丑（一九〇一）在南京为前期，自辛丑至丙午（一九〇六）在东京及仙台为中期，自丙午至己酉（一九〇九）又在东京为后期。这里我所要说的只是后期，因为如他的自述所说，从仙台回到东京以后他才决定要弄文学。但是在这以前他也未尝不喜欢文学，不过只是赏玩而非攻究，且对于文学也还未脱去旧的观念。在南京的时候豫才就注意严几道的译书，自《天演论》以至《法意》，都陆续购读。其次是林琴南，自《茶花女遗事》出后，随出随买，我记得最后的一部是在东京神田的中国书林所买的《黑太子南征录》，一总大约有二三十种罢。其时“冷血”的文章正很时新，他所译述的《仙女缘》《白云塔》，我至今还约略记得，还有一篇嚣俄（Victor Hugo）的侦探谈似的短篇小说，叫作什么尤皮的，写得很有意思，苏曼殊又同陈独秀在《国民日日新闻》上译登《惨世界》，于是一时嚣俄成为我们的爱读书，搜来些英日文译本来看。末了是梁任公所编刊的《新小说》。《清议报》与《新民丛报》的确都读过也很受影响，但是《新小说》的影响总是只有更大不会更小。梁任公的《论小说与群治之关系》当初读了的确很有影响，虽然对于小说的性质与种类后来意见稍稍改变，大抵由科学或政治的小说渐转到更纯粹的文艺作品上去了。不过这只是不看重文学之直接的教训作用，本意还没有什么变更，即仍主张以文学来感化社会，振兴民族精神，用后来的熟语来说，可以说是属于为人生的艺术这一派的。丙午年夏天豫才在仙台的医学专门学校退了学，回家去结婚，其时我在江南水师学堂，前一年的冬天到北京练兵处考取留学日本，在校里闲住半年，这才决定被派去学习土木工程，秋初回家一转，同豫才到东京去。豫才再到东京的目的他自己已经在一篇文章中说过，不必重述，简单的一句话就是欲救中国须从文学始。他的第一步的运动是办杂志。那时留学生办的杂志并不少，但是没有一种是讲文学的，所以发心想要创办，名字定为《新生》，——这是否是借用但丁的，有点记不清楚了，但多少总有关系。其时留学界的空气是偏重实用，什九学法政，其次是理工，对于文学都很轻视，《新生》的消息传出去时大家颇以为奇，有人开玩笑说这不会是学台所取的进学新生么。又有人（仿佛记得是胡仁源）对豫才说，你弄文学做甚，有什么用处？答云，学文科的人知道学理工也有用处，这便是好处。客乃默然。看这种情形，《新生》的不能办得好原是当然的。《新生》的撰述人共有几个我不大记得了，确实的人数里有一位许季黻（寿裳），听说还有袁文薮，但他往西洋去后就没有通信。结果这杂志没有能办成，我曾根据安特路朗（Andrew Lang）的几种书写了半篇《日月星之神话》，稿今已散失，杂志的原稿纸却还有好些存在。

办杂志不成功，第二步的计划是来译书。翻译比较通俗的书卖钱是别一件事，赔钱介绍文学又是一件事，这所说的自然是属于后者。结果经营了好久，总算印出了两册《域外小说集》。第一册上有一篇序言，是豫才的手笔，说明宗旨云：

> 《域外小说集》为书，词致朴讷，不足方近世名人译本，特收录至审慎，移译亦期弗失文情。异域文术新宗，由此始入华土。使有士卓特，不为常俗所囿，必将犁然有当于心，按邦国时期，籀读其心声，以相度神思之所在。则此虽大海之微沤与，而性解思惟，实寓于此。中国译界，亦由是无迟莫之感矣。己酉正月十五日。

过了十一个年头，民国九年春天上海群益书社愿意重印，加了一篇新序，用我出名，也是豫才所写的，头几节是叙述当初的情形的，可以抄在这里：

> 我们在日本留学的时候，有一种盲漠的希望，以为文艺是可以转移性情，改造社会的。因为这意见，便自然而然的想到介绍外国新文学这一件事。但做这事业，一要学问，二要同志，三要工夫，四要资本，五要读者。第五样逆料不得，上四样在我们却几乎全无。于是又自然而然的只能小本经营，姑且尝试，这结果便是译印《域外小说集》。

当初的计划，是筹办了连印两册的资本，待到卖回本钱，再印第三第四，以至第多少册的。如此继续下去，积少成多，也可以约略介绍了各国名家的著作了。于是准备清楚，在一九〇九年二月，印出第一册，到六月间，又印出了第二册。寄售的地方，是上海和东京。

半年过去了，先在就近的东京寄售处结了账。计第一册卖去了二十一本，第二册是二十本，以后可再也没有人买了。那第一册何以多卖一本呢？就因为有一位极熟的友人，怕寄售处不遵定价，额外需索，所以亲去试验一回，果然划一不二，就放了心，第二本不再试验了。但由此看来，足见那二十位读者，是有出必看，没有一人中止的，我们至今很感谢。

至于上海，是至今还没有详细知道。听说也不过卖出了二十册上下，以后再没有人买了。于是第三册只好停板，已成的书便都堆在上海寄售处堆货的屋子里。过了四五年，这寄售处不幸失了火，我们的书和纸板都连同化成灰烬。我们这过去的梦幻似的无用的劳力，在中国也就完全消灭了。这里可以附注几句。《域外小说集》第一册印了一千本，第二册只有五百本。印刷费是蒋抑卮（鸿林）代付的，那时蒋君来东京医治耳疾，听见译书的计划甚为赞成，愿意帮忙，上海寄售处也即是他的一家绸缎庄。那个去试验买书的则是许季黻也。

《域外小说集》两册中共收英美法各一人一篇，俄四人七篇，波兰一人三篇，波思尼亚一人二篇，芬兰一人一篇。从这上边可以看出一点特性来，即一是偏重斯拉夫系统，一是偏重被压迫民族也。其中有俄国的安特来夫（Leonid Andrejev）作二篇，伽尔洵（V.Garshin）作一篇，系豫才根据德文本所译。豫才不知何故深好安特来夫，我所能懂而喜欢者只有短篇《齿痛》(*Ben Tobit*),《七个绞死的人》与《大时代的小人物的忏悔》二书耳。那时日本翻译俄国文学尚不甚发达，比较的绍介得早且亦稍多的要算屠介涅夫，我们也用心搜求他的作品，但只是珍重，别无翻译的意思。每月初各种杂志出版，我们便忙着寻找，如有一篇关于俄文学的绍介或翻译，一定要去买来，把这篇拆出保存，至于波兰自然更好，不过除了《你往何处去》《火与剑》之外不会有人讲到的，所以没有什么希望。此外再查英德文书目，设法购求古怪国度的作品，大抵以俄、波兰、捷克、塞尔比亚、勃耳伽利亚、波思尼亚、芬兰、匈加利、罗马尼亚、新希腊为主，其次是丹麦瑙威瑞典荷兰等，西班牙义大利便不大注意了。那时日本大谈自然主义，这也觉得是很有意思的事，但是所买的法国著作大约也只是弗罗贝尔，莫泊三，左拉诸大师的二三卷，与诗人波特莱耳，威耳伦的一二小册子而已。上边所说偏僻的作品英译很少，德译较多，又多收入勒克阑等丛刊中，价廉易得，常开单托相模屋书店向丸善定购，书单一大张而算账起来没有多少钱，书店的不惮烦肯帮忙也是很可感的，相模屋主人小泽死于肺病，于今却已有廿年了。德文杂志中不少这种译文，可是价太贵，只能于旧书摊上求之，也得了许多，其中有名叫什么 *Aus Fremden Zungen*（记不清楚是否如此）的一种，内容最好，曾有一篇批评荷兰凡蔼覃的文章，豫才的读《小约翰》与翻译的意思实在是起因于此的。

这许多作家中间，豫才所最喜欢的是安特来夫，或者这与爱李长吉有点关系罢，虽然也不能确说。此外有伽尔洵，其《四日》一篇已译登《域外小说集》中，又有《红花》则与莱耳孟托夫（M.Lermontov）的《当代英雄》，契诃夫（A.Tchekhov）的《决斗》，均未及译，又甚喜科洛连珂（V.Korolenko），后来只由我译其《玛加耳的梦》一篇而已。高尔基虽已有名，《母亲》也有各种译本了，但豫才不甚注意，他所最受影响的却是果戈里（N.Gogol），《死灵魂》还居第二位，第一重要的还是短篇小说《狂人日记》《两个伊凡尼支打架》，喜剧《巡按》等。波兰作家最重要的是显克微支（H.Sienkiewicz），《乐人扬珂》等三篇我都译出登在小说集内，其杰作《炭画》后亦译出，又《得胜的巴耳得克》未译至今以为憾事。用幽默的笔法写阴惨的事迹，这是果戈里与显克微支二人得意的事，《阿Q正传》的成功其原因亦在于此，此盖为不懂幽默而乱骂乱捧的人所不及知者也。（《正传》第一章的那样缠夹亦有理由，盖意在讽刺历史癖与考据癖，但此本无甚恶意，与《故事新编》中的《治水》有异。）捷克有纳卢陀（Neruda），扶尔赫列支奇（Vrchlicki），亦为豫才所喜，又芬兰乞食诗人丕佛林多（Päivärinta）所作小说集亦所爱读不释者，均未翻译。匈加利则有诗人裴象飞（Petöfi Sandor），死于革命之战，豫才为《河南》杂志作《摩罗诗力说》，表章摆伦等人的“撒但派”，而以裴象飞为之继，甚致赞美，其德译诗集一卷，又小说曰《绞手之绳》，从旧书摊得来时已破旧，豫才甚珍重之。对于日本文学当时殊不注意，森鸥外，上田敏，长谷川二叶亭诸人，差不多只重其批评或译文，唯夏目漱石作俳谐小说《我是猫》有名，豫才俟其印本出即陆续买读，又热心读其每日在《朝日新闻》上所载的《虞美人草》，至于岛崎藤村等的作品则始终未曾过问，自然主义盛行时亦只取田山花袋的《棉被》，佐藤红绿的《鸭》一读，似不甚感兴味。豫才后日所作小说虽与漱石作风不似，但其嘲讽中轻妙的笔致实颇受漱石的影响，而其深刻沉重处乃自果戈里与显克微支来也。豫才于拉丁民族的艺术似无兴会，德国则只取尼采一人，《札拉图斯忒拉如是说》常在案头，曾将序说一篇译出登杂志上，这大约是《新潮》吧。尼采之进化论的伦理观我也觉得很有意思，但是我不喜欢演剧式的东西，那种格调与文章就不大合我的胃口，所以我的一册英译本也搁在书箱里多年没有拿出来了。

豫才在医学校的时候学的是德文，所以后来就专学德文，在东京的独逸语学协会的学校听讲。丁未年（一九〇七）同了几个友人共学俄文，有季黻，陈子英（濬，因徐锡麟案避难来东京），陶望潮（铸，后以字行曰冶公），汪公权（刘申叔的亲属？后以侦探嫌疑被同盟会人暗杀于上海），共六人，教师名孔特夫人（Maria Konde），居于神田，盖以革命逃至日本者。未几子英先退，独自从师学，望潮因将往长崎从俄人学造炸药亦去，四人暂时支撑，卒因财力不继而散。戊申年（一九〇八）从太炎先生讲学，来者有季黻，钱均甫（家治），朱逷先（希祖），钱德潜（夏，今改名玄同），朱蓬仙（宗莱），龚未生（宝铨），共八人，每星期日至小石川的民报社，听讲《说文解字》。丙丁之际我们翻译小说，还多用林氏的笔调，这时候就有点不满意，即严氏的文章也嫌他有八股气了。以后写文多喜用本字古义，《域外小说集》中大都如此，斯谛普虐克（Stepniak）的《一文钱》（这篇小品我至今还是很喜欢）曾登在《民报》上，请太炎先生看过，改定好些地方，至民九重印，因恐印刷为难，始将这些古字再改为通用的字。这虽似一件小事，但影响却并不细小，如写鸟字下面必只两点，见梁字必觉得讨嫌，即其一例，此所谓文字上的一种洁癖，与复古全无关系，且正以有此洁癖乃能知复古之无谓，盖一般复古之徒皆不通，本不配谈，若穿深衣写篆字的复古，虽是高明而亦因此乃不可能也。

豫才那时的思想我想差不多可以民族主义包括之，如所介绍的文学亦以被压迫的民族为主，俄则取其反抗压制也。但他始终不曾加入同盟会，虽然时常出入民报社，所与往来者多是同盟会的人。他也没有入光复会。当时陶焕卿（成章）也亡命来东京，因为同乡的关系常来谈天，未生大抵同来。焕卿正在连络江浙会党，计划起义，太炎先生每戏呼为焕强盗或焕皇帝，来寓时大抵谈某地不久可以“动”，否则讲春秋时外交或战争情形，口讲指画，历历如在目前。尝避日本警吏注意，携文件一部分来寓属代收藏，有洋抄本一，系会党的联合会章，记有一条云，凡犯规者以刀劈之。又有空白票布，红布上盖印，又一枚红缎者，云是“龙头”。焕卿尝笑语曰，填给一张正龙头的票布何如？数月后焕卿移居，乃复来取去。以浙东人的关系，豫才似乎应该是光复会中人了。然而又不然。这是什么缘故呢？我不知道。我所记述的都重在事实，并不在意义，这里也只是报告这么一件事实罢了。

这篇补遗里所记是丙午至己酉这四五年间的事，在鲁迅一生中属于早年，且也是一个很短的时期，我所要说的本来就只是这一点，所以就此打住了。我尝说过，豫才早年的事情大约我要算知道得顶多，晚年的是在上海的我的兄弟懂得顶清楚，所以关于晚年的事我一句话都没有说过，即不知为不知也，早年也且只谈这一部分，差不多全是平淡无奇的事，假如可取，可取当在于此，但或者无可取也就在于此乎。

廿五年十一月七日，在北平

悼胞兄曼陀

郁达夫

长兄曼陀，名华，长于我一十二岁，同生肖，自先父弃养后，对我实系兄而又兼父职的长辈，去年十一月廿三，因忠于职守，对卖国汪党，毫不容情，在沪特区法院执法如山，终被狙击于其寓外。这消息，早就在中外各报上登过一时了。最近接得沪上各团体及各闻人发起之追悼大会的报告，才知公道自在人心，是非必有正论。他们要盛大追悼正直的人，亦即是消极警告那些邪曲的人的意思。追悼会，将于三月廿四日，在上海湖社举行。我身居海外，当然不能亲往祭奠，所以只能撰一哀挽联语，遥寄春申江上，略表哀思。（天壤薄王郎，节见穷时，各有清名闻海内；乾坤扶正气，神伤雨夜，好凭血债索辽东。）

溯自胞兄殉国之后，上海香港各杂志及报社的友人，都来要我写些关于他的悲悼或回忆的文字，但说也奇怪，直到现在，仍不能下一执笔的决心。我自己推想这心理的究竟，也不能够明白的说出。或者因为身居热带，头脑昏涨，不适合于作抒情述德的长文，也未可知。但一最可靠的解释，则实因这一次的敌寇来侵，殉国殉职的志士仁人太多了，对于个人的情感，似乎不便夸张，执着，当是事实上的主因。反过来说，就是个人主义的血族情感，在我的心里，渐渐的减了，似乎在向民族国家的大范围的情感一方面转向。

情感扩大之后，在质的一方面，会变得稀薄一点，而在量的一方面，同时会得增大，自是必然的趋势。

譬如，当故乡沦陷之日，我生身的老母，亦同长兄一样，因不肯离去故土而被杀；当时我还在祖国的福州，接得噩耗之日，亦只痛哭了一场，设灵遥祭了一番，而终于没有心情来撰文以志痛。

从我个人的这小小心理变迁来下判断，则这一次敌寇的来侵，影响及于一般国民的感情转变的力量，实在是很大很大。自私的，执着于小我的那一种情感，至少至少，在中国各沦陷地同胞的心里，我想，是可以一扫而光了。就单从这一方面来说，也可以算是这一次我们抗战的一大收获。

现在，闲谈暂且搁起，再来说一说长兄的历史性行吧。长兄所习的虽是法律，毕生从事的，虽系干燥的刑法判例；但他的天性，却是倾向于艺术的。他闲时作淡墨山水，很有我们乡贤董文恪公的气派，而写下来的诗，则又细腻工稳，有些似晚唐，有些像北宋人的名句。他的画集，诗集，虽则分量不多，已在香港上海制版赶印了。大约在追悼会开催之日，总可以与世人见面，当能证明我这话的并非自夸。至于他行事的不苟，接人待物的富有长者的温厚之风，则凡和他接近过的人，都能够说述，我也可以不必夸张，致堕入谀墓铭旌的常套。在这里，我只想略记一下他的历史。他生在前清光绪十年的甲申，十七岁就以府道试第一名入学，补博士弟子员。当废科举改学堂的第一期里，他就入杭府中学。毕业后，应留学生考试，受官费保送去日本留学，实系浙江派遣留学生的首批一百人中之一。在早稻田大学师范科毕业后，又改入法政大学，三年毕业，就在天津交涉公署任翻译二年，其后考取法官，就一直的在京师高等审判厅任职。当许公俊人任司法部长时，升任大理院推事，又被派赴日本考察司法制度。一年回国，也就在大理院奉职。直到九一八事变起来之日，他还在沈阳作大理院东北分院的庭长兼代分院长。东北沦亡，他一手整理案卷全部，载赴北平。上海租界的会审公堂，经接收过来以后，他就被任作临时高等分院刑庭庭长，一直到他殉职之日为止。在这一个简短的履历里，是看不出他的为人正直，和临难不苟的态度来的。可是最大的证明，却是他那为国家，为民族的最后的一死。

鸿毛泰山等宽慰语，我这时不想再讲，不过死者的遗志，却总要我们未死者替他完成，就是如何的去向汪逆及侵略者算一次总账！

一九四〇年二月

悼沈叔薇

徐志摩

沈叔薇是我的一个表兄，从小同学，高小中学（杭州一中）都是同班毕业的，他是今年九月死的。叔薇，你竟然死了，我常常的想着你，你是我一生最密切的一个人，你的死是我的一个不可补偿的损失。我每次想到生与死的究竟时，我不定觉得生是可欲，死是可悲，我自己的经验与默察只使我相信生的底质是苦不是乐，是悲哀不是幸福，是泪不是笑，是拘束不是自由：因此从生入死，在我有时看来，只是解化了实体的存在，脱离了现象的世界，你原来能辨别苦乐，忍受磨折的性灵，在这最后的呼吸离窍的俄顷，又投入了一种异样的冒险。我们不能轻易的断定那一边没有阳光与人情的温慰，亦不能设想苦痛的灭绝。但生死间终究有一个不可掩讳的分别，不论你怎样的看法。出世是一件大事，死亡亦是一件大事。一个婴儿出母胎时他便与这生的世界开始了关系，这关系却不能随着他去后的躯壳埋掩，这一生与一死，不论相间的距离怎样的短，不论他生时的世界怎样的仄——这一生死便是一个不可销毁的事实：比如海水每多一次潮涨海滩便多受一次泛滥，我们全体的生命的滩沙里，我想，也存记着最微小的波动与影响……

而况我们人又是有感情的动物。在你活着的时候，我可以携着你的手，谈我们的谈，笑我们的笑，一同在野外仰望天上的繁星，或是共感秋风与落叶的悲凉……叔薇，你这几年虽则与我不易相见，虽则彼此处世的态度更不如童年时的一致，但我知道，我相信在你的心里还留着一部分给我的情意，因为你也在我的胸中永占着相当的关切。我忘不了你，你也忘不了我。每次我回家乡时，我往往在不曾解卸行装前已经亟亟的寻求，欣欣的重温你的伴侣。但如今在你我间的距离，不再是可以度量的里程，却是一切距离中最辽远的一种距离——生与死的距离。我下次重归乡土，再没有机会与你携手谈笑，再不能与你相与恣纵早年的狂态，我再到你们家去，至多只能抚摩你的寂寞的灵帏，仰望你的惨淡的遗容，或是手拿一把鲜花到你的坟前凭吊！

叔薇，我今晚在北京的寓里，在一个冷静的秋夜，倾听着风催落叶的秋声，咀嚼着为你兴起的哀思，这几行文字，虽则是随意写下，不成章节，但在这抒写自来情感的俄顷，我仿佛又一度接近了你生前温驯的，谐趣的人格，仿佛又见着了你瘦脸上的枯涩的微笑——比在生前更谐合的更密切的接近。

我没有多少的话对你说，叔薇，你得宽恕我；当你在世时我们亦很少相互罄吐的机会。你去世的那一天我来看你，那时你的头上，你的眉目间，已经刻画着死的晦色，我叫了你一声叔薇，你也从枕上侧面来回叫我一声志摩，那便是我们在永别前最后的缘分！我永远忘不了那时病榻前的情景！

我前面说生命不定是可喜，死亦不定可畏：叔薇，你的一生尤其不曾尝味过生命里可能的乐趣，虽则你是天生的达观，从不曾羡慕虚荣的人间；你如其继续的活着，支撑着你的多病的筋骨，委蛇你无多沾恋的家庭，我敢说这样的生转不如撒手去了的干净！况且你生前至爱的骨肉，亦久已不在人间，你的生身的爹娘，你的过继的爹娘（我的姑母），你的姊姊——可怜娟姊，我始终不曾一度凭吊——还有你的爱妻，他们都在坟墓的那一边满开着他们天伦的怀抱，守候着他们最爱的“老五”，共享永久的安闲……

十一月一日早三时你的表弟志摩

九一八致弟弟书

萧　红

可弟：

小战士，你也做了战士了，这是我想不到的。

世事恍恍惚惚地就过了：记得这十年中只有那么一个短促的时间是与你相处的，那时间短到如何程度，现在想起就连你的面孔还没有来得及记住，而你就去了。

记得当我们都是小孩子的时候，当我离开家的时候，那一天的早晨你还在大门外和一群孩子们玩着，那时你才是十三四岁的孩子，你什么也不懂，你看着我离开家向南大道上奔去，向着那白银似的满铺着雪的无边的大地奔去。你连招呼都不招呼，你恋着玩，对于我的出走，你连看我也不看。

而事隔六七年，你也就长大了，有时写信给我，因为我的漂流不定，信有时收到，有时收不到。但在收到信我读了之后，竟看不见你，不是因为那信不是你写的，而是在那信里边所说的话，都不像是你说的。这个不怪你，都只怪我的记忆力顽强，我就总记着，那顽皮的孩子是你，会写了这样的信的，会说了这样的话的哪能够是你。比方说——生活在这边，前途是没有希望。这是什么人给我的信，我看了非常的生疏，又非常的新鲜，但心里边都不表示什么同情，因为我总有一个印象，你晓得什么，你小孩子，所以我回你的信的时候，总是愿意说一些空话，问一问家里的樱桃树这几年结樱桃多少？红玫瑰依旧开花否？或者是看门的大白狗怎样了？关于你的回信，说祖父的坟头上长了一棵小树。在这样的话里，我才体味到这信是弟弟你写给我的。

但是没有读过你的几封这样的信，我又走了。越走越离得你远了，从前是离着你千百里远，那以后就是几千里了。而后你追到我最先住的那地方，去找我，看门的人说，我已不在了。

而后婉转的你又来了信，说为着我在那地方，才转学也到那地方来念书。可是你扑空了。我已经从海上走了。

可弟，我们都是自幼没有见过海的孩子，可是要沿着海往南方去了，海是生疏的，我们怕，但是也就上了海船，飘飘荡荡的，前边没有什么一定的目的，也就往前走了。

那时到海上来的，还没有你们，而我是最初的。我想起来一个笑话，我们小的时候，祖父常讲给我们听，我们本是山东人，我们的曾祖，担着担子逃荒到关东的。而我们又将是那个未来的曾祖了，我们的后代也许会在那里说着，从前他们也有一个曾祖，坐着渔船，逃荒到南方的。

我来到南方，你就不再有信来。一年多又不知道你那方面的情形了。

不知多久，忽然又有信来，是来自东京的，说你是在那边念书了。恰巧那年我也要到东京去看看。立刻我写了一封信给你，你说暑假要回家的，我写信问你，是不是想看看我，我大概七月下旬可到。

我想这一次可以看到你了。这是多么出奇的一个奇遇。因为想也想不到，会在这样一个地方相遇的。

我一到东京就写信给你，你住的是神田町，多少多少番。本来你那地方是很近的，我可以请朋友带了我去找你。但是因为我们已经不是一个国度的人了，姐姐是另一国的人，弟弟又是另一国的人。直接的找你，怕与你有什么不便。信写去了，约的是第三天的下午六点在某某饭馆等我。

那天，我特别穿一件红衣裳，使你很容易的可以看见我。我五点钟就等在那里，因为我在猜想，你如果来，你一定要早来的。我想你看到了我，你多少喜欢。而我也想到了，假如到了六点钟不来，那大概就是已经不在了。

一直到了六点钟，没有人来，我又多等了一刻钟，我又多等了半点钟，我想或者你有事情会来晚了的。到最后的几分钟，竟想到，大概你来过了，或者已经不认识我。因为始终看不见你，第二天，我想还是到你住的地方看一趟，你那小房是很小的。有一个老婆婆，穿着灰色大袖子衣裳，她说你已经在月初走了，离开了东京了，但你那房子里还下着竹帘子呢。帘子里头静悄悄的，好像你在里边睡午觉的。

半年之后，我还没有回上海，不知怎么的，你又来了信，这信是来自上海的，说你已经到了上海，是到上海找我的。

我想这可糟了，又来了一个小吉卜西。

这流浪的生活，怕你过不惯，也怕你受不住。

但你说，“你可以过得惯，为什么我过不惯。”

于是你就在上海住下了。

等我一回到上海，你每天到我的住处来，有时我不在家，你就在楼廊等着，你就睡在楼廊的椅子上，我看见了你的黑黑的人影，我的心里充满了慌乱。我想这些流浪的年轻人，都将流浪到哪里去，常常在街上碰到你们的一伙，你们都是年轻的，都是北方的粗直的青年。内心充满了力量，你们是被逼着来到这人地生疏的地方，你们都怀着万分的勇敢，只有向前，没有回头。但是你们都充满了饥饿，所以每天到处找工作。你们是可怕的一群，在街上落叶似的被秋风卷着，寒冷来的时候，只有弯着腰，抱着膀，打着寒战。肚里饿着的时候，我猜得到，你们彼此的乱跑，到处看看，谁有可吃的东西。

在这种情形之下，从家跑来的人，还是一天一天的增加，这自然都说是以往，而并非是现在。现在我们已经抗战四年了。在世界上还有谁不知我们中国的英勇，自然而今我们都是战士了。

不过在那时候，因此我就有许多不安。我想将来你到什么地方去，并且做什么？

那时你不知我心里的忧郁，你总是早上来笑着，晚上来笑着，似乎不知道为什么你已经得到了无限的安慰了。似乎是你所存在的地方，已经绝对的安然了，进到我屋子来，看到可吃的就吃，看到书就翻，累了，躺在床上就休息。

你那种傻里傻气的样子，我看了，有的时候，觉得讨厌，有的时候也觉得喜欢，虽是欢喜了，但还是心口不一地说："快起来吧，看这么懒。"

不多时就七七事变，很快你就决定了，到西北去，做抗日军去。

你走的那天晚上，满天都是星，就像幼年我们在黄瓜架下捉着虫子的那样的夜，那样黑黑的夜，那样飞着萤虫的夜。

你走了，你的眼睛不大看我，我也没有同你讲什么话。我送你到了台阶上，到了院里，你就走了。那时我心里不知道想什么，不知道愿意让你走，还是不愿意。只觉得恍恍惚惚的，把过去的许多年的生活都翻了一个新，事事都显得特别真切，又都显得特别的模糊，真所谓有如梦寐了。

可弟，你从小就苍白，不健康，而今虽然长得很高了，仍旧是苍白不健康，看你的读书，行路，一切都是勉强支持。精神是好的，体力是坏的。我很怕你走到别的地方去，支持不住，可是我又不能劝你回家，因为你的心里充满了诱惑，你的眼里充满了禁果。

恰巧在抗战不久，我也到山西去，有人告诉我你在洪洞的前线，离着我很近，我转给你一封信，我想没有两天就可看到你了。那时我心里可开心极了，因为我看到了不少和你那样年轻的孩子们，他们快乐而活泼，他们跑着跑着，当工作的时候嘴里唱着歌。这一群快乐的小战士，胜利一定属于你们的，你们也拿枪，你们也担水，中国有你们，中国是不会亡的。因为我的心里充满了微笑。虽然我给你的信，你没有收到，我也没能看见你，但我不知为什么竟很放心，就像见到了你的一样。因为你也是他们之中的一个，于是我就把你忘了。但是从那以后，你的音信一点也没有的。而至今已经四年了，你到底没有信来。

我本来不常想你，不过现在想起你来了，你为什么不来信。

于是我想，这都是我的不好，我在前边引诱了你。

今天又快到九一八了，写了以上这些，以遣胸中的忧闷。

愿你在远方快乐和健康。

做大哥的人

巴　金

我的大哥生来相貌清秀，自小就很聪慧，在家里得到父母的宠爱，在书房里又得到教书先生的称赞。看见他的人都说他日后会有很大的成就。母亲也很满意这样一个“宁馨儿”。

他在爱的环境里逐渐长成。我们回到成都以后，他过着一位被宠爱的少爷的生活。辛亥革命的前夕，三叔带着两个镖客回到成都。大哥便跟镖客学习武艺。父亲对他抱着很大的希望，想使他做一个“文武全才”的人。

每天早晨天还没有大亮，大哥便起来，穿一身短打，在大厅上或者天井里练习打拳使刀。他从两个镖客那里学到了他们的全套本领。我常常看见他在春天的黄昏舞动两把短刀。两道白光连接成了一根柔软的丝带，蛛网一般地掩盖住他的身子，像一颗大的白珠子在地上滚动。他那灵活的舞刀的姿态甚至博得了严厉的祖父的赞美，还不说那些胞姐、堂姐和表姐们。

他后来进了中学。在学校里他是一个成绩优良的学生，四年课程修满毕业的时候他又名列第一。他得到毕业文凭归来的那一天，姐姐们聚在他的房里，为他的光辉的前程庆祝。他们有一个欢乐的聚会。大哥当时对化学很感兴趣，希望毕业以后再到上海或者北京的有名的大学里去念书，将来还想到德国去留学。他的脑子里装满了美丽的幻想。

然而不到几天，他的幻想就被父亲打破了，非常残酷地打破了。因为父亲给他订了婚，叫他娶妻了。

这件事情他也许早猜到一点点，但是他料不到父亲就这么快地给他安排好了一切。在婚姻问题上父亲并不体贴他，新来的继母更不会知道他的心事。

他本来有一个中意的姑娘，他和她中间似乎发生了一种旧式的若有若无的爱情。那个姑娘是我的一个表姐，我们都喜欢她，都希望他能够同她结婚。然而父亲却给他另外选了一个张家姑娘。

父亲选择的方法也很奇怪。当时给大哥做媒的人有好几个，父亲认为可以考虑的有两家。父亲不能够决定这两个姑娘中间究竟哪一个更适宜做他的媳妇，因为两家的门第相等，请来做媒的人的情面又是同样地大。后来父亲就把两家的姓写在两方小红纸块上面，揉成了两个纸团，捏在手里，到祖宗的神主面前诚心祷告了一番，然后随意拈起了一个纸团。父亲拈了一个“张”字，而另外一个毛家的姑娘就这样地被淘汰了。(据说母亲在时曾经向表姐的母亲提过亲事，而姑母却以“自己已经受够了亲上加亲的苦，不愿意让女儿再来受一次”这理由拒绝了，这是三哥后来告诉我的。拈阄的结果我却亲眼看见。)

大哥对这门亲事并没有反抗，其实他也不懂得反抗。我不知道他向父亲提过他的升学的志愿没有，但是我可以断定他不会向父亲说起他那若有若无的爱情。

于是嫂嫂进门来了。祖父和父亲因为大哥的结婚在家里演戏庆祝。结婚的仪式自然不简单。大哥自己也在演戏，他一连演了三天的戏。在这些日子里他被人宝爱着像一个宝贝；被人玩弄着像一个傀儡。他似乎有一点点快乐，又有一点点兴奋。

他结了婚，祖父有了孙媳，父亲有了媳妇，我们有了嫂嫂，别的许多人也有了短时间的笑乐。但是他自己也并非一无所得。他得了一个体贴他的温柔的姑娘。她年轻，她读过书，她会做诗，她会画画。他满意了，在短时期中他享受了以前所不曾梦想到的种种乐趣。在短时期中他忘记了他的前程，忘记了升学的志愿。他陶醉在这个少女的温柔的抚爱里。他的脸上常带笑容，他整天躲在房里陪伴他的新娘。

他这样幸福地过了两三个月。一个晚上父亲把他唤到面前吩咐道："你现在接了亲，房里添出许多用钱的地方；可是我这两年来入不敷出，又没有多余的钱给你们用，我只好替你找个事情混混时间，你们的零用钱也可以多一点。"

父亲含着眼泪温和地说下去。他唯唯地应着，没有说一句不同意的话。可是回到房里他却倒在床上伤心地哭了一场。他知道一切都完结了！

一个还没有满二十岁的青年就这样地走进了社会。他没有一点处世的经验，好像划了一只独木舟驶进了大海，不用说狂风大浪在等着他。

在这些时候他忍受着一切，他没有反抗，他也不知道反抗。

月薪是二十四元。为了这二十四个银元的月薪他就断送了自己的前程。

然而灾祸还不曾到止境。一年以后父亲突然死去，把我们这一房的生活的担子放到他的肩上。他上面有一位继母，下面有几个弟弟妹妹。

他埋葬了父亲以后就平静地挑起这个担子来。他勉强学着上了年纪的人那样来处理一切。我们一房人的生活费用自然是由祖父供给的。（父亲的死引起了我们大家庭第一次的分家，我们这一房除了父亲自己购置的四十亩田外，还从祖父那里分到了两百亩田。）他用不着在这方面操心。然而其它各房的仇视、攻击、陷害和暗斗却使他难于应付。他永远平静地忍受了一切，不管这仇视、攻击、陷害和暗斗愈来愈厉害。他只有一个办法：处处让步来换取暂时的平静生活。

后来他的第一个儿子出世了。祖父第一次看见了重孙，自然非常高兴。大哥也感到了莫大的快乐。儿子是他的亲骨血，他可以好好地教养他，在他的儿子的身上实现他那被断送了的前程。

他的儿子一天一天长大起来，是一个非常聪明可爱的孩子，得到了我们大家的喜爱。

接着五四运动发生了。我们都受到了新思潮的洗礼。他买了好些新书报回家。我们（我们三弟兄和三房的六姐，再加上一个香表哥）都贪婪地读着一切新的书报，接受新的思想。然而他的见解却比较温和。他赞成刘半农的“作揖主义”和托尔斯泰的“无抵抗主义”。他把这种理论跟我们大家庭的现实环境结合起来。

他一方面信服新的理论，一方面依旧顺应旧的环境生活下去。顺应环境的结果，就使他逐渐变成了一个有两重人格的人。在旧社会，旧家庭里他是一位暮气十足的少爷；在他同我们一块儿谈话的时候，他又是一个新青年了。这种生活方式是我和三哥所不能够了解的，我们因此常常责备他。我们不但责备他，而且时常在家里做一些带反抗性的举动，给他招来祖父的更多的责备和各房的更多的攻击与陷害。

祖父死后，大哥因为做了承重孙（听说他曾经被一个婶娘暗地里唤做“承重老爷”），便成了明枪暗箭的目标。他到处磕头作揖想讨好别人，也没有用处；同时我和三哥的带反抗性的言行又给他招来更多的麻烦。

我和三哥不肯屈服。我们不愿意敷衍别人，也不愿意牺牲自己的主张，我们对家里一切不义的事情都要批评，因此常常得罪叔父和婶娘。他们没有办法对付我们，因为我们不承认他们的威权。他们只好在大哥的身上出气，对他加压力，希望通过他使我们低头。不用说这也没有用。可是大哥的处境就更困难了。他不能够袒护我们，而我们又不能够谅解他。

有一次我得罪了一个婶娘，她诬我打肿了她的独子的脸颊。我亲眼看见她自己在盛怒中把我那个堂弟的脸颊打肿了，她却牵着堂弟去找我的继母讲理。大哥要我向她赔礼认错，我不肯。他又要我到二叔那里去求二叔断公道。但是我并不相信二叔会主张公道。结果他自己代我赔了礼认错，还受到了二叔的申斥。他后来到我的房里，含着眼泪讲了一两个钟头，惹得我也淌了泪。但是我并没有答应以后改变态度。

像这样的事情是很多的。他一个人平静地代我们受了好些过，我们却不能够谅解他的苦心。我们说他的牺牲是不必要的。我们的话也并不错，因为即使没有他代我们受过承担了一切，叔父和婶娘也无法加害到我们的身上来。不过麻烦总是免不了的。

然而另一个更大的打击又来了。他那个聪明可爱的儿子还不到四岁，就害脑膜炎死掉了。他的希望完全破灭了。他的悲哀是很大的。

他的内心的痛苦已经深到使他不能够再过平静的生活了。在他的身上偶尔出现了神经错乱的现象。他称这种现象做“痰病”。幸而他发病的时间不多。

后来他居然帮助我和三哥（二叔也帮了一点忙，说句公平的话，二叔后来对待大哥和我们相当亲切）同路离开成都，以后又让我单独离开中国。他盼望我们几年以后学到一种专长就回到成都去“兴家立业”。但是我和三哥两个都违背了他的期望。我们一出川就没有回去过。尤其是我，不但不进工科大学，反而因为到法国的事情写过两三封信去跟他争论，以后更走了与他的期望相反的道路。不仅他对我绝了望，而且成都的亲戚们还常常拿我来做坏子弟的榜样，叫年轻人不要学我。

我从法国回来的第二年他也到了上海。那时三哥在北平，没有能够来上海看他。我们分别了六年如今又有机会在一起谈笑了，两个人都很高兴。我们谈了别后的许多事情，谈到三姐的惨死，谈到二叔的死，谈到家庭间的种种怪现象。我们弟兄的友爱并没有减少，但是思想的差异却更加显著了。他完全变成了旧社会中一位诚实的绅士了。

他在上海只住了一个月。我们的分别是相当痛苦的。我把他送到了船上。他已经是泪痕满面了。我和他握了手说一句：“一路上好好保重。”正要走下去，他却叫住了我。他进了舱去打开箱子，拿出一张唱片给我，一面抽咽地说：“你拿去唱。”我接到手一看，是 G.F. 女士唱的《Sonny Boy》①，两个星期前我替他在谋得利洋行买的。他知道我喜欢听这首歌，所以想起了把唱片拿出来送给我。然而我知道他也同样地爱听它。这时候我很不愿意把他喜欢的东西从他的手里夺去。但是我又一想我已经有许多次违抗过他的劝告了，这一次我不愿意在分别的时候使他难过，表弟们在下面催促我，我默默地接过了唱片。我那时的心情是不能够用文字表达的。

我和表弟们坐上了划子，让黄浦江的风浪颠簸着我们。我望着外滩一带的灯光，我记起我是怎样地送别了一个我所爱的人，我的心开始痛起来，我的不常哭泣的眼睛里竟然淌下了泪水。

他回到成都写了几封信给我。后来他还写过一封诉苦的信。他说他会自杀，倘使我不相信，到了那一天我就会明白一切。但是他始终未说出原因来，所以我并不曾重视他的话。

然而在一九三一年春天的一个早晨，他果然就用毒药断送了他的年轻的生命。两个月以后我才接到了他的二十几页的遗书。在那上面我读着这样的话：

> 卖田以后……我即另谋出路。无如我求速之心太切，以为投机事业虽险，却很容易成功。前此我之所以失败，全是因为本钱是借

① 格蕾西·菲尔兹唱的《宝贝儿子》。

贷来的，要受时间和大利的影响。现在我们自己的钱放在外边一样收利，我何不借自己的钱来做，一则利息也轻些，二则不受时间影响。用自己的钱来做，果然得了小利。……所以陆续把存放的款子提回来，作贴现之用，每月可收百数十元。做了几个月，很顺利。于是我就放心大胆地做去了。……哪晓得年底一病就把我毁了①，等我病好出外一看，才知道我们的养命根源已经化成了水。

好，好！既是这样，有什么话说！所以我生日那天，请大家看戏后，就想自杀。但是我实在舍不得家里的人。多看一天算一天，混一天。现在混不下去了。我也不想向别人骗钱来用。算了罢。如果活下去，那才是骗人呢。……我死之后不用什么埋葬，随便分尸也可，或者听野兽吃也可。因我应得之罪累及家人受此痛苦，望从重对我的尸体加以处罚……

这就是大哥自杀的动机了。他究竟是为了顾全绅士的面子而死，还是因为不能够忍受未来的更痛苦的生活，我虽然熟读了他的遗书，被里面一些极凄惨的话刺痛了心，但是我依旧不能够了解。我只知道他不愿意死，而且他也没有死的必要。我知道他写了三次遗书，又三次把它毁了。甚至在第四次的遗书里他还不自觉地喊着："我不愿意死。"然而他终于像一个诚实的绅士那样吞食了自己摘下的苦果而死去了。结果他在那般虚伪的绅士眼前失掉了面子，并且把更痛苦的生活留给他的妻子和

① 因为在他的病中好几家银行倒闭了，他并不知道。

一儿四女（其中有四个我并未见过）。我们的叔父婶娘们在他死后还到他的家里逼着讨他生前欠的债；至于别人借他的钱，那就等于“付之东流”了。

大哥终于做了一个不必要的牺牲者而死去了。他这一生完全是在敷衍别人，任人播弄。他知道自己已经逼近了深渊，却依旧跟着垂死的旧家庭一天一天地陷落下去，终于到了完全灭顶的一天。他便不得不像一个诚实的绅士那样拿毒药做他唯一的拯救了。

他被旧礼教、旧思想害了一生，始终不能够自拔出来。其实他是被旧制度杀死的。然而这也是咎由自取。在整个旧制度大崩溃的前夕，对于他的死我不能有什么遗憾。然而一想到他的悲惨的一生，一想到他对我所做过的一切，一想到我所带给他的种种痛苦，我就不能不痛切地感觉到我丧失了一个爱我最深的人了。

三弟手足

孙伏园

三弟手足：

艺风社的展览会快开了，你叫我写一篇文字来批评你的思想和艺术。这事在一个意义上是容易得很的，因为我无论如何不了解你的思想和艺术，我总可以站在老兄的立场，说几句冒充的内行话，仿佛比谁都懂得。此间晏阳初兄能写大字，笔致刚劲，颜中夹柳。去年河北省县政建设研究院成立于定县，将县政府作为院中四部之一的实验部，晏君任院长，实验部主任霍君兼任县长。晏君督同霍君改革弊政不遗余力，同时县府内外房屋也都修葺一新，晏君即在县府大堂上写“明德新民”匾额一方，大家都说写得不错。碰巧晏君的老兄到了，晏君问他有什么意见，他干脆的答覆“不成！”晏君说“我哥哥也许是真知我者！”我想这样的批评家，我应该还担任得了，一面不必斤斤辩解何以“不成”的理由，一面作家也并不觉得受了批评家的侮辱，原故全在批评家是作家的老兄。

但在另一个意义上，这事却难了：我始终不懂得绘画，而且大家东奔西跑，离多会少，我对于你的思想也像对于你的艺术一般的茫然了。

只是有一点我似乎觉得颇有把握的，抓住了这一点我也许可以说几句话。这便是你的一切和我的一切都有相反的倾向这一点。两弟兄不是往往相像的吗，何以我们会处处有相反的倾向呢？据我的解释，这是有历史的原因的。这原因便是：我是父亲的一切的反动，你是父亲的一切承继。在举例说明以前，我想讲一个小故事来作引子。

父亲不抽烟，我抽烟，你却不抽烟。不抽烟在父亲一生的种种美德中，当然只占极小极小的一部分，现在我且把别的美德搁开不说。在我十五岁，你十一岁的时候，父亲因患喉症去世了。亲友们间或有人说，父亲如果是抽烟的，这个大祸也许可以没有。这种说法里面包含了几分真理，我至今还没有一点把握，但从十五岁起我便存着人必须抽烟的观念了。你也许因为年幼，不十分了解那次大祸对于我们家庭的严重性；也许你不相信那种说法里面包含了相当的真实性：总之你自自然然的承继了父亲的美德而不抽烟了。（你也有过几次抽烟的尝试，但是始终没有成功。）

这不过是一个引子；我下面再举几件较为重要的事例：第一是你的伟大。父亲那种做领袖的才能与魄力，对于事业的热烈与忠诚，对于弱者的同情与对于强者的不屈，无疑地你是全盘的承受了。你最爱帮人家的忙，你最勇于负责任。你会在大雷雨中到野外去画风景，你会不为名利所拘牵而牺牲无数的时间与精力去换取一件兴会所注的小事。这种性情表现在你的艺术上，使你少画静物，少画肖像，少画人体，而使你趋向大自然而成为风景画家，看不起繁荣的枝叶与浓艳的花朵而成为傲霜的菊与伴雪的梅的爱好者。

第二是你的精细。父亲因为身心健全，五官富于明辨的能力，所以乌云蔽日能见星辰，数丈以外能辨步声，事实未发现以前能有几分先知的把握：这些，你也无疑地承受了。你从幼就研究虫，研究花，甚而至于哭泣的时候还研究眼泪的气味，同学中都叫你细磨细琢的春苔。这种性情表现在你的艺术上，使你少用极大的篇幅，少用猛烈和幽暗的色彩，少用粗野与凶辣的笔触，而使你在画面上表现的只是温和的，娇嫩的，古典的空气。

第三是你的认真。父亲一生的操行简直是圣人，不抽烟只是他认真的一端，他不苟言笑，不轻许人，不随便然诺。他一生的嗜好只是栽花，因为他真正的爱花，不是为消闲，也不是为图利。他这种认真的性情你也全盘承受了。你对于朋友，对于事业，对于一切，人人知道你是认真的。这种性情表现在你的艺术上，使你少有想象的拼图，新奇的装饰，和空虚的画材，而使你的作品充分表现真实的描写。

以上这三点，都是父亲所有，你所有，而我所无的。这不是父亲的遗传，厚于你而薄于我；也不是父亲的教育，勤于你而忽于我。这也和抽烟一样，是我自发的对于父亲的性情和行为的反动。我还记得父亲去世以后有许多人叹息：

“一生救人的急难而没有人救他的急难！”

当然一半也只能怪病势加重的迅速，和医治方法的晚出；那时血清注射还没有，人们对于喉症有什么方法呢？但是我却从那时就起始，对于“救人的急难”没有多大兴趣了。

把伟大丢开以后，跟着丢开的便是精细和认真。十五岁没有了父亲，叫我觉得狰狞可怕的是人们的真面目，而和蔼可亲的只是敷衍那些在父亲保护之下的孩儿们的假面具。我不想伟大，因为我觉得我实在太藐小；同时我也不想精细与认真。因为我觉得我实在犯不上和那些狰狞可怕的真面目去精细与认真。幼时的印象给我太深了，所以无论如何我也不会和你一般很像父亲的了。

我从父亲的性习的正面去找，我的性习的反面去找，也许找到了你的思想艺术的一部分。但是偏有人说我们两弟兄的性习极相像，那才怪!

五月十五日，一九三四年

第三辑

师

关于太炎先生二三事

鲁　迅

前一些时，上海的官绅为太炎先生开追悼会，赴会者不满百人，遂在寂寞中闭幕，于是有人慨叹，以为青年们对于本国的学者，竟不如对于外国的高尔基的热诚。这慨叹其实是不得当的。官绅集会，一向为小民所不敢到；况且高尔基是战斗的作家，太炎先生虽先前也以革命家现身，后来却退居于宁静的学者，用自己所手造的和别人所帮造的墙，和时代隔绝了。纪念者自然有人，但也许将为大多数所忘却。

我以为先生的业绩，留在革命史上的，实在比在学术史上还要大。回忆三十余年之前，木板的《訄书》已经出版了，我读不断，当然也看不懂，恐怕那时的青年，这样的多得很。我知道中国有太炎先生，并非因为他的经学和小学，是为了他驳斥康有为和作邹容的《革命军》序，竟被监禁于上海的西牢。那时留学日本的浙籍学生，正办杂志《浙江潮》，其中即载有先生狱中所作诗，却并不难懂。这使我感动，也至今并没有忘记，现在抄两首在下面——

狱中赠邹容

邹容吾小弟，被发下瀛洲。

快剪刀除辫，干牛肉作餱。

英雄一入狱，天地亦悲秋。

临命须掺手，乾坤只两头。

狱中闻沈禹希见杀

不见沈生久，江湖知隐沦，

萧萧悲壮士，今在易京门。

螭魅羞争焰，文章总断魂。

中阴当待我，南北几新坟。

一九六年六月出狱，即日东渡，到了东京，不久就主持《民报》。我爱看这《民报》，但并非为了先生的文笔古奥，索解为难，或说佛法，谈“俱分进化”，是为了他和主张保皇的梁启超斗争，和“××”的×××斗争，和“以《红楼梦》为成佛之要道”的×××斗争，真是所向披靡，令人神旺。前去听讲也在这时候，但又并非因为他是学者，却为了他是有学问的革命家，所以直到现在，先生的音容笑貌，还在目前，而所讲的《说文解字》，却一句也不记得了。

民国元年革命后，先生的所志已达，该可以大有作为了，然而还是不得志。这也是和高尔基的生受崇敬，死备哀荣，截然两样的。我以为两人遭遇的所以不同，其原因乃在高尔基行前的理想，后来都成为事实，他的一身，就是大众的一体，喜怒哀乐，无不相通；而先生则排满之志虽伸，但视为最紧要的"第一是用宗教发起信心，增进国民的道德；第二是用国粹激动种性，增进爱国的热肠"(见《民报》第六本)，却仅止于高妙的幻想；不久而袁世凯又攘夺国柄，以遂私图，就更使先生失却实地，仅垂空文，至于今，惟我们的"中华民国"之称，尚系发源于先生的《中华民国解》(最先亦见《民报》)，为巨大的记念而已，然而知道这一重公案者，恐怕也已经不多了。既离民众，渐入颓唐，后来的参与投壶，接收馈赠，遂每为论者所不满，但这也不过白圭之玷，并非晚节不终。考其生平，以大勋章作扇坠，临总统府之门，大诟袁世凯的包藏祸心者，并世无第二人；七被追捕，三入牢狱，而革命之志，终不屈挠者，并世亦无第二人。这才是先哲的精神，后生的楷范。近有文侩，勾结小报，竟也作文奚落先生以自鸣得意，真可谓"小人不欲成人之美"，而且"蚍蜉撼大树，可笑不自量"了！

但革命之后，先生亦渐为昭示后世计，自藏其锋铓。浙江所刻的《章氏丛书》，是出于手定的，大约以为驳难攻讦，至于忿詈，有违古之儒风，足以贻讥多士的罢，先前的见于期刊的斗争的文章，竟多被刊落，上文所引的诗两首，亦不见于《诗录》中。一九三三年刻《章氏丛书续编》于北平，所收不多，而更纯谨，且不取旧作，当然也无斗争之作，先生遂身衣学术的华衮，粹然成为儒宗，执贽愿为弟子者綦众，至于仓皇制《同门录》成册。近阅日报，有保护版权的广告，有三续丛书的记事，可见又将有遗著出版了，但补入先前战斗的文章与否，却无从知道。战斗的文章，乃是先生一生中最大，最久的业绩，假使未备，我以为是应该一一辑录，校印，使先生和后生相印，活在战斗者的心中的。然而此时此际，恐怕也未必能如所望罢，呜呼！

十月九日

藤野先生

鲁　迅

东京也无非是这样。上野的樱花烂熳的时节，望去确也像绯红的轻云，但花下也缺不了成群结队的“清国留学生”的速成班，头顶上盘着大辫子，顶得学生制帽的顶上高高耸起，形成一座富士山。也有解散辫子，盘得平的，除下帽来，油光可鉴，宛如小姑娘的发髻一般，还要将脖子扭几扭。实在标致极了。

中国留学生会馆的门房里有几本书卖，有时还值得去转一转；倘在上午，里面的几间洋房里倒也还可以坐坐的。但到傍晚，有一间的地板便常不免要咚咚咚地响得震天，兼以满房烟尘斗乱；问问精通时事的人，答道，“那是在学跳舞。”

到别的地方去看看，如何呢？

我就往仙台的医学专门学校去。从东京出发，不久便到一处驿站，写道：日暮里。不知怎地，我到现在还记得这名目。其次却只记得水户了，这是明的遗民朱舜水先生客死的地方。仙台是一个市镇，并不大；冬天冷得利害；还没有中国的学生。

大概是物以希为贵罢。北京的白菜运往浙江，便用红头绳系住菜根，倒挂在水果店头，尊为“胶菜”；福建野生着的芦荟，一到北京就请进温室，且美其名曰“龙舌兰”。我到仙台也颇受了这样的优待，不但学校不收学费，几个职员还为我的食宿操心。我先是住在监狱旁边一个客店里的，初冬已经颇冷，蚊子却还多，后来用被盖了全身，用衣服包了头脸，只留两个鼻孔出气。在这呼吸不息的地方，蚊子竟无从插嘴，居然睡安稳了。饭食也不坏。但一位先生却以为这客店也包办囚人的饭食，我住在那里不相宜，几次三番，几次三番地说。我虽然觉得客店兼办囚人的饭食和我不相干，然而好意难却，也只得别寻相宜的住处了。于是搬到别一家，离监狱也很远，可惜每天总要喝难以下咽的芋梗汤。

从此就看见许多陌生的先生，听到许多新鲜的讲义。解剖学是两个教授分任的。最初是骨学。其时进来的是一个黑瘦的先生，八字须，戴着眼镜，挟着一叠大大小小的书。一将书放在讲台上，便用了缓慢而很有顿挫的声调，向学生介绍自己道：

“我就是叫作藤野严九郎的……”

后面有几个人笑起来了。他接着便讲述解剖学在日本发达的历史，那些大大小小的书，便是从最初到现今关于这一门学问的著作。起初有几本是线装的；还有翻刻中国译本的，他们的翻译和研究新的医学，并不比中国早。

那坐在后面发笑的是上学年不及格的留级学生，在校已经一年，掌故颇为熟悉的了。他们便给新生讲演每个教授的历史。这藤野先生，据说是穿衣服太模胡了，有时竟会忘记带领结；冬天是一件旧外套，寒颤颤的，有一回上火车去，致使管车的疑心他是扒手，叫车里的客人大家小心些。

他们的话大概是真的，我就亲见他有一次上讲堂没有带领结。

过了一星期，大约是星期六，他使助手来叫我了。到得研究室，见他坐在人骨和许多单独的头骨中间，——他其时正在研究着头骨，后来有一篇论文在本校的杂志上发表出来。

“我的讲义，你能抄下来么？”他问。

“可以抄一点。”

“拿来我看！”

我交出所抄的讲义去，他收下了，第二三天便还我，并且说，此后每一星期要送给他看一回。我拿下来打开看时，很吃了一惊，同时也感到一种不安和感激。原来我的讲义已经从头到末，都用红笔添改过了，不但增加了许多脱漏的地方，连文法的错误，也都一一订正。这样一直继续到教完了他所担任的功课：骨学、血管学、神经学。

可惜我那时太不用功，有时也很任性。还记得有一回藤野先生将我叫到他的研究室里去，翻出我那讲义上的一个图来，是下臂的血管，指着，向我和蔼的说道：

“你看，你将这条血管移了一点位置了。——自然，这样一移，的确比较的好看些，然而解剖图不是美术，实物是那么样的，我们没法改换它。现在我给你改好了，以后你要全照着黑板上那样的画。”

但是我还不服气，口头答应着，心里却想道：

“图还是我画的不错；至于实在的情形，我心里自然记得的。”

学年试验完毕之后，我便到东京玩了一夏天，秋初再回学校，成绩早已发表了，同学一百余人之中，我在中间，不过是没有落第。这回藤野先生所担任的功课，是解剖实习和局部解剖学。

解剖实习了大概一星期，他又叫我去了，很高兴地，仍用了极有抑扬的声调对我说道：

“我因为听说中国人是很敬重鬼的，所以很担心，怕你不肯解剖尸体。现在总算放心了，没有这回事。”

但他也偶有使我很为难的时候。他听说中国的女人是裹脚的，但不知道详细，所以要问我怎么裹法，足骨变成怎样的畸形，还叹息道，“总要看一看才知道。究竟是怎么一回事呢？”

有一天，本级的学生会干事到我寓里来了，要借我的讲义看。我检出来交给他们，却只翻检了一通，并没有带走。但他们一走，邮差就送到一封很厚的信，拆开看时，第一句是：

你改悔吧！

这是《新约》上的句子罢，但经托尔斯泰新近引用过的。其时正值日俄战争，托老先生便写了一封给俄国和日本的皇帝的信，开首便是这一句。日本报纸上很斥责他的不逊，爱国青年也愤然，然而暗地里却早受了他的影响了。其次的话，大略是说上年解剖学试验的题目，是藤野先生在讲义上做了记号，我预先知道的，所以能有这样的成绩。末尾是匿名。

我这才回忆到前几天的一件事。因为要开同级会，干事便在黑板上写广告，末一句是“请全数到会勿漏为要”，而且在“漏”字旁边加了一个圈。我当时虽然觉到圈得可笑，但是毫不介意，这回才悟出那字也在讥刺我了，犹言我得了教员漏泄出来的题目。

我便将这事告知了藤野先生；有几个和我熟识的同学也很不平，一同去诘责干事托辞检查的无礼，并且要求他们将检查的结果，发表出来。终于这流言消灭了，干事却又竭力运动，要收回那一封匿名信去。结末是我便将这托尔斯泰式的信退还了他们。

中国是弱国，所以中国人当然是低能儿，分数在六十分以上，便不是自己的能力了：也无怪他们疑惑。但我接着便有参观枪毙中国人的命运了。第二年添教霉菌学，细菌的形状是全用电影来显示的，一段落已完而还没有到下课的时候，便影几片时事的片子，自然都是日本战胜俄国的情形。但偏有中国人夹在里边：给俄国人做侦探，被日本军捕获，要枪毙了，围着看的也是一群中国人；在讲堂里的还有一个我。

“万岁！”他们都拍掌欢呼起来。

这种欢呼，是每看一片都有的，但在我，这一声却特别听得刺耳。此后回到中国来，我看见那些闲看枪毙犯人的人们，他们也何尝不酒醉似的喝彩，——呜呼，无法可想！但在那时那地，我的意见却变化了。

到第二学年的终结，我便去寻藤野先生，告诉他我将不学医学，并且离开这仙台。他的脸色仿佛有些悲哀，似乎想说话，但竟没有说。

“我想去学生物学，先生教给我的学问，也还有用的。”其实我并没有决意要学生物学，因为看得他有些凄然，便说了一个慰安他的谎话。

“为医学而教的解剖学之类，怕于生物学也没有什么大帮助。”他叹息说。

将走的前几天，他叫我到他家里去，交给我一张照相，后面写着两个字道："惜别"，还说希望将我的也送他。但我这时适值没有照相了；他便叮嘱我将来照了寄给他，并且时时通信告诉他此后的状况。

我离开仙台之后，就多年没有照过相，又因为状况也无聊，说起来无非使他失望，便连信也怕敢写了。经过的年月一多，话更无从说起，所以虽然有时想写信，却又难以下笔，这样的一直到现在，竟没有寄过一封信和一张照片。从他那一面看起来，是一去之后，杳无消息了。

但不知怎地，我总还时时记起他，在我所认为我师的之中，他是最使我感激，给我鼓励的一个。有时我常常想：他的对于我的热心的希望，不倦的教诲，小而言之，是为中国，就是希望中国有新的医学；大而言之，是为学术，就是希望新的医学传到中国去。他的性格，在我的眼里和心里是伟大的，虽然他的姓名并不为许多人所知道。

他所改正的讲义，我曾经订成三厚本，收藏着的，将作为永久的纪念。不幸七年前迁居的时候，中途毁坏了一口书箱，失去半箱书，恰巧这讲义也遗失在内了。责成运送局去找寻，寂无回信。只有他的照相至今还挂在我北京寓居的东墙上，书桌对面。每当夜间疲倦，正想偷懒时，仰面在灯光中瞥见他黑瘦的面貌，似乎正要说出抑扬顿挫的话来，便使我忽又良心发现，而且增加勇气了，于是点上一支烟，再继续写些为"正人君子"之流所深恶痛疾的文字。

十月十二日

宗月大师

老　舍

在我小的时候，我因家贫而身体很弱。我九岁才入学。因家贫体弱，母亲有时候想叫我去上学，又怕我受人家的欺侮，更因交不上学费，所以一直到九岁我还不识一个字。说不定，我会一辈子也得不到读书的机会。因为母亲虽然知道读书的重要，可是每月间三四吊钱的学费，实在让她为难。母亲是最喜脸面的人。她迟疑不决，光阴又不等待着任何人，晃来晃去，我也许就长到十多岁了。一个十多岁的贫而不识字的孩子，很自然的去作个小买卖——弄个小筐，卖些花生、煮豌豆，或樱桃什么的。要不然就是去学徒。母亲很爱我，但是假若我能去作学徒，或提篮沿街卖樱桃而每天赚几百钱，她或者就不会坚决的反对。穷困比爱心更有力量。

有一天刘大叔偶然的来了。我说“偶然的”，因为他不常来看我们。他是个极富的人，尽管他心中并无贫富之别，可是他的财富使他终日不得闲，几乎没有工夫来看穷朋友。一进门，他看见了我。“孩子几岁了？上学没有？”他问我的母亲。他的声音是那么洪亮（在酒后，他常以学喊俞振庭的《金钱豹》自傲），他的衣服是那么华丽，他的眼是那么亮，他的脸和手是那么白嫩肥胖，使我感到我大概是犯了什么罪。我们的小屋，破桌凳，土炕，几乎禁不住他的声音的震动。等我母亲回答完，刘大叔马上决定："明天早上我来，带他上学，学钱、书籍，大姐你都不必管！"我的心跳起多高，谁知道上学是怎么一回事呢！

第二天，我像一条不体面的小狗似的，随着这位阔人去入学。学校是一家改良私塾，在离我的家有半里多地的一座道士庙里。庙不甚大，而充满了各种气味：一进山门先有一股烟味，紧跟着便是糖精味（有一家熬制糖球糖块的作坊），再往里，是厕所味，与别的臭味。学校是在大殿里。大殿两旁的小屋住着道士和道士的家眷。大殿里很黑、很冷。神像都用黄布挡着，供桌上摆着孔圣人的牌位。学生都面朝西坐着，一共有三十来人。西墙上有一块黑板——这是"改良"私塾。老师姓李，一位极死板而极有爱心的中年人。刘大叔和李老师"嚷"了一顿，而后教我拜圣人及老师。老师给了我一本《地球韵言》和一本《三字经》。我于是，就变成了学生。

自从作了学生以后，我时常的到刘大叔的家中去。他的宅子有两个大院子，院中几十间房屋都是出廊的。院后，还有一座相当大的花园。宅子的左右前后全是他的房屋，若是把那些房子齐齐的排起来，可以占半条大街。此外，他还有几处铺店。每逢我去，他必招呼我吃饭，或给我一些我没有看见过的点心。他绝不以我为一个苦孩子而冷淡我，他是阔大爷，但是他不以富傲人。

在我由私塾转入公立学校去的时候，刘大叔又来帮忙。这时候，他的财产已大半出了手。他是阔大爷，他只懂得花钱，而不知道计算。人们吃他，他甘心教他们吃；人们骗他，他付之一笑。他的财产有一部分是卖掉的，也有一部分是被人骗了去的。他不管；他的笑声照旧是洪亮的。

到我在中学毕业的时候，他已一贫如洗，什么财产也没有了，只剩了那个后花园。不过，在这个时候，假若他肯用用心思，去调整他的产业，他还能有办法教自己丰衣足食，因为他的好多财产是被人家骗了去的。可是，他不肯去请律师。贫与富在他心中是完全一样的。假若在这时候，他要是不再随便花钱，他至少可以保住那座花园，和城外的地产。可是，他好善。尽管他自己的儿女受着饥寒，尽管他自己受尽折磨，他还是去办贫儿学校、粥厂等等慈善事业。他忘了自己。就是在这个时候，我和他过往的最密。他办贫儿学校，我去作义务教师。他施舍粮米，我去帮忙调查及散放。在我的心里，我很明白：放粮放钱不过只是延长贫民的受苦难的日期，而不足以阻拦住死亡。但是，看刘大叔那么热心，那么真诚，我就顾不得和他辩论，而只好也出点力了。即使我和他辩论，我也不会得胜，人情是往往能战胜理智的。

在我出国以前，刘大叔的儿子死了。而后，他的花园也出了手。他入庙为僧，夫人与小姐入庵为尼。由他的性格来说，他似乎势必走入避世学禅的一途。但是由他的生活习惯上来说，大家总以为他不过能念念经，布施布施僧道而已，而绝对不会受戒出家。他居然出了家。在以前，他吃的是山珍海味，穿的是绫罗绸缎。他也嫖也赌。现在，他每日一餐，入秋还穿着件夏布道袍。这样苦修，他的脸上还是红红的，笑声还是洪亮的。对佛学，他有多么深的认识，我不敢说。我却真知道他是个好和尚，他知道一点便去做一点，能做一点便做一点。他的学问也许不高，但是他所知道的都能见诸实行。

出家以后，他不久就做了一座大寺的方丈。可是没有多久就被驱除出来。他是要做真和尚，所以他不惜变卖庙产去救济苦人。庙里不要这种方丈。一般的说，方丈的责任是要扩充庙产，而不是救苦救难的。离开大寺，他到一座没有任何产业的庙里做方丈。他自己既没有钱，他还须天天为僧众们找到斋吃。同时，他还举办粥厂等等慈善事业。他穷，他忙，他每日只进一顿简单的素餐，可是他的笑声还是那么洪亮。他的庙里不应佛事，赶到有人来请，他便领着僧众给人家去唪真经，不要报酬。他整天不在庙里，但是他并没忘了修持；他持戒越来越严，对经义也深有所获。他白天在各处筹钱办事，晚间在小室里作工夫。谁见到这位破和尚也不曾想到他曾是个在金子里长起来的阔大爷。

去年，有一天他正给一位圆寂了的和尚念经，他忽然闭上了眼，就坐化了。火葬后，人们在他的身上发现许多舍利。

没有他，我也许一辈子也不会入学读书。没有他，我也许永远想不起帮助别人有什么乐趣与意义。他是不是真的成了佛？我不知道。但是，我的确相信他的居心与言行是与佛相近似的。我在精神上物质上都受过他的好处，现在我的确愿意他真的成了佛，并且盼望他以佛心引领我向善，正像在三十五年前，他拉着我去入私塾那样！

他是宗月大师。

知堂先生

废　名

林语堂先生来信问我可否写一篇《知堂先生》刊在《今人志》，我是一则以喜，一则以惧。喜者这个题目于我是亲切的，惧则正是陶渊明所云："惧或乖谬，有亏大雅君子之德，所以战战兢兢，若履薄冰云尔。"我想我写了可以当面向知堂先生请教，斯又一乐也。这是数日以前的事，一直未能下笔。前天往古槐书屋看平伯，我们谈了好些话，所谈差不多都是对于知堂先生的向往，事后我一想，油然一喜，我同平伯意见完全是一致的，话似乎都说得有意思，我很可惜回来没有把那些谈话都记录下来，那或者比着意写一篇文章要来得中意一点也未可知。我们的归结是这么的一句，知堂先生是一个唯物论者，知堂先生是一个躬行君子。我们从知堂先生可以学得一些道理，日常生活之间我们却学不到他的那个艺术的态度。平伯以一个思索的神气说道："中国历史上曾有像他这样气分的人没有？"我们两人都回答不了。"渐近自然"四个字大约能以形容知堂先生，然而这里一点神秘没有，他好像拿了一本《自然教科书》做参考。中国的圣经贤传，自古以及如今，都是以治国平天下为己任的，这以外大约没有别的事情可做；唯女子与小孩的问题，又烦恼了不少的风雅之士；我常常从知堂先生的一声不响之中，不知不觉地想起了这许多事，简直有点惶恐，我们很容易陷入流俗而不自知，我们与野蛮的距离有时很难说，而知堂先生之修身齐家，直是以自然为怀，虽欲赞叹之而不可得也。偶然读到《人间世》所载《苦茶庵小文》题魏慰农先生家书后有云，“为父或祖者尽瘁以教养子孙而不责其返报，但冀其历代益以聪强耳，此自然之道，亦人道之至也”。在这个祖宗罪业深重的国家，此知者之言，亦仁者之言也。

我们常不免是抒情的，知堂先生总是合礼，这个态度在以前我尚不懂得。十年以来，他写给我辈的信札，从未有一句教训的调子，未有一句情热的话，后来将今日偶然所保存者再拿起来一看，字里行间，温良恭俭，我是一旦豁然贯通之，其乐等于所学也。在事过境迁之后，私人信札有如此耐观者，此非先生之大德乎。我常记得当初在《新月》杂志读了他的《志摩纪念》一文，欢喜慨叹，此文篇末有云，“我只能写可有可无的文章，而纪念亡友又不是可以用这种文章来敷衍的，而纪念刊的收稿期又迫切了，不得已还只得写，结果还只能写出一篇可有可无的文章，这使我不得不重又叹息”。无意间流露出来的这一句叹息之声，其所表现的人生之情与礼，在我直是读了一篇寿世的文章。他同死者生平的交谊不是抒情的，而生死之前，至情乃为尽礼。知堂先生待人接物，同他平常作文的习惯，一样地令我感兴趣，他作文向来不打稿子，一遍写起来了，看一看有错字没有，便不再看，算是完卷，因为据他说起稿便不免于重抄，重抄便觉得多无是处，想修改也修改不好，不如一遍写起倒也算了。他对于自己是这样的宽容，对于自己外的一切都是这样的宽容，但这其间的威仪呢，恐怕一点也叫人感觉不到，反而感觉到他的谦虚。然而文章毕竟是天下之事，中国现代的散文，待开始以迄现在，据好些人的闲谈，知堂先生是最能耐读的了。

那天平伯曾说到“感觉”二字，大约如“冷暖自知”之感觉，因为知堂先生的心情与行事都有一个中庸之妙，这到底从哪里来的呢？平伯仍踌躇着说道：“他大约是感觉？”我想这个意思是的，知堂先生的德行，与其说是伦理的，不如说是生物的，有如鸟类之羽毛，鹄不日浴而白，乌不日黔而黑，黑也白也，都是美的，都是卫生的。然而自然无知，人类则自作聪明，人生之健全而同乎自然，非善知识者而能之欤。平伯的话令我记起两件事来，第一我记起七八年前在《语丝》上读到知堂先生的《两个鬼》这一篇文章，当时我尚不甚了然，稍后乃领会其意义，他在这篇文章的开头说：

> 在我们的心头住着 Du Daimone，可以说是两个——鬼。我踌躇着说鬼，因为他们并不是人死所化的鬼，也不是宗教上的魔，善神与恶神，善天使与恶天使。他们或者应该说是一种神，但这似乎太尊严一点了，所以还是委屈他们一点称之曰鬼。
>
> 这两个是什么呢？其一是绅士鬼，其二是流氓鬼。据王学的朋友们说人是有什么良知的，教士说有灵魂，维持公理的学者也说凭

着良心，但我觉得似乎都没有这些，有的只是那两个鬼，在那里指挥我的一切的言行。这是一种双头政治，而两个执政还是意见不甚协和的，我却像一个钟摆在这中间摇着。有时候流氓占了优势，我便跟了他去彷徨，什么大街小巷的一切隐秘无不知悉，酗酒、斗殴、辱骂，都不是做不来的，我简直可以成为一个精神上的“破脚骨”。但是在我将真正撒野，如流氓之“开天堂”等的时候，绅士大抵就出来高叫“带住，着即带住！”说也奇怪，流氓平时不怕绅士，到得他将要撒野，一听绅士的吆喝，不知怎的立刻一溜烟地走了。可是他并不走远，只在弄头弄尾探望，他看绅士领了我走，学习对淑女们的谈吐与仪容，渐渐地由说漂亮话而近于摆臭架子，于是他又赶出来大骂云云……

这样的说法，比起古今的道德观念来，实在是一点规矩也没有，却也未必不最近乎事理，是平伯所说的感觉，亦是时人所病的“趣味”二字也。

再记起去年我偶尔在一个电影场上看电影，系中国影片，名叫《城市之夜》，一个码头工人的女儿为得要孝顺父亲而去做舞女，我坐在电影场上，看来看去，悟到古今一切的艺术，无论高能的低能的，总而言之都是道德的，因此也就是宣传的，由中国旧戏的脸谱以至于欧洲近代所谓不道德的诗文，人生舞台上原来都是负担着道德之意识。当下我很有点闷窒，大有呼吸新鲜空气之必要。这个新鲜空气，大约就是科学的。于是我想来想去，仿佛自己回答自己，这样的艺术，一直未存在。

佛家经典所提出的“业”，很可以做我的理想的艺术的对象，然而他们的说法仍是诗而不是小说，是宣传的而不是记载的，所以是道德的而不是科学的。我原是自己一时糊涂的思想，后来同知堂先生闲谈，他不知道我先有一个成见，听了我的话，他不完全地说道：“科学其实也很道德。”我听了这句话，自己的心事都丢开了，仿佛这一句平易的话说的是知堂先生的道境，他说话的神气真是一点也不费力，令人可亲了。

一九三四年七月

回忆辜鸿铭先生

罗家伦

在清末民初一位以外国文字名满海内外，而又以怪诞见称的，那便是辜鸿铭先生了。辜先生号汤生，福建人，因为家属侨居海外，所以他很小就到英国去读书，在一个著名的中学毕业，受过很严格的英国文学训练。这种学校对于拉丁文、希腊文，以及英国古典文学，都很认真而彻底地教授。这乃是英国当时的传统。毕业以后，他考进“伯明罕大学”学工程（有人误以为他在大学学的是文学，那是错的）。

回国以后，他的工程知识竟然没有发挥的余地。当时张之洞做两湖总督，请他做英文文案。张之洞当年提倡工业建设，办理汉冶萍煤铁等项工程，以“中学为体，西学为用”相号召，为好谈时务之人。他幕府里也有外国顾问，大概不是高明的外国人士，辜先生不曾把他们放在眼里。有一天，一个外国顾问为起草文件，来向辜先生请问一个英文字用法。辜默然不语，走到书架上抱了一本又大又重的英文字典，砰然一声丢在那外国顾问的桌上说：“你自己去查去！”这件小故事是蔡孑民先生告诉我的，这可以看出辜先生牢骚抑郁和看不起庸俗外国顾问的情形。

民国四年，我在上海“愚园”游玩，看见“愚园”走廊的壁上嵌了几块石头，刻着拉丁文的诗，说是辜鸿铭先生做的。我虽然看不懂，可是心里有种佩服的情绪，认为中国人会做拉丁文的诗，大概是一件了不得的事。后来我到北京大学读书，蔡先生站在学术的立场上网罗了许多很奇怪的人物。辜先生虽然是老复辟派的人物，因为他外国文学的特长，也被聘在北大讲授英国文学。因此我接连上了三年辜先生主讲的“英国诗”这门课程。我记得第一天他老先生拖了一条大辫子，是用红丝线夹在头发里辫起来的，戴了一顶红帽结黑缎子平顶的瓜皮帽，大摇大摆地上汉花园北大文学院的红楼，颇是一景。到了教室之后，他首先对学生宣告：“我有三章约法，你们受得了的就来上我的课，受不了的就趁早退出：第一章，我进来的时候你们要站起来，上完课要我先出去你们才能出去；第二章，我问你们话和你们问我话时都得站起来；第三章，我指定你们要背的书，你们都要背，背不出不能坐下。”我们全班的同学都认为第一第二都容易办到，第三却有点困难，可是大家都慑于辜先生的大名，也就不敢提出异议。

三年之间，我们课堂里有趣的故事多极了。我曾开玩笑地告诉同学们说：“有没有人想要立刻出名，若要出名，只要在辜先生上楼梯时，把他那条大辫子剪掉，那明天中外报纸一定都会竞相刊载。”当然，这个名并没有人敢出的。辜先生对我们讲英国诗的时候，有时候对我们说“我今天教你们外国大雅”，有时候说“我今天教你们外国小雅”；有时候说“我今天教你们外国国风”。有一天，他异想天开地说：

"我今天教你们洋离骚。"这"洋离骚"是什么呢？原来是密尔顿（John Milton）的一首长诗（Lycidas）。为什么"Lycidas"会变"洋离骚"呢？这大概因为此诗是密尔顿吊他一位在爱尔兰海附近淹死的亡友而写成的。

在辜先生的班上，我前后背熟过几十首英文长短的诗篇。在那时候叫我背书倒不是难事，最难的是翻译。他要我们翻什么呢？要我们翻千字文，把"天地玄黄，宇宙洪荒"翻成英文，这个真比孙悟空带紧箍咒还要痛苦。我们翻过以后，他自己再翻，他翻的文字我早已记不清了，我现在想来，那一定也是很牵强的。还有一天把他自己一首英文诗要我们翻成中文，当然我们班上有几种译文，最后他把自己的译文写出来了，这个译文是："上马复上马，同我伙伴儿，男儿重意气，从此赴戎机，剑柄执在手，别泪不沾衣，寄语越溪女，喁喁复何为！"英文可能是很好，但译文并不很高明，因为辜先生的中国文学是他回国以后再用功研究的，虽然也有相当的造诣，却不自然。这也同他在黑板上写中国字一样，他写中国字常常会缺一笔多一笔而他自己毫不觉得。

我们在教室里对辜先生是很尊重的，可是有一次，我把他气坏了。这是正当"五四运动"的时候，辜先生在一个日本人办的《华北正报》（*North China Standard*）里写了一篇文章，大骂学生运动，说我们这般学生是暴徒，是野蛮。我看报之后受不住了，把这张报纸带进教室，质问辜先生道："辜先生，你从前著的《春秋大义》（*The Spirit of Chinese People*）我们读了都很佩服，你既然讲春秋大义，你就应该知道春秋的主张是'内中国而外夷狄'的，你现在在夷狄的报纸上发表文章骂我们中国学生，是何道理？”这一下把辜先生气得脸色发青，他很大的眼睛突出来了，一两分钟说不出话，最后站起来拿手敲着讲台说道：“我当年连袁世凯都不怕，我还怕你？”这件故事，现在想起来还觉得很有趣味。辜先生有一次谈到在袁世凯时代他不得已担任了袁世凯为准备帝制而设立的参政院的议员（辜先生虽是帝制派，但他主张的帝制是满清的帝制，不是袁世凯的帝制）。有一天他从会场上出来，收到三百银元的出席费，他立刻拿了这大包现款到八大胡同去逛窑子。北平当时妓院的规矩，是唱名使妓女鱼贯而过，任狎妓者挑选其所看上的。辜先生到每个妓院点一次名，每个妓女给一块大洋，到三百块大洋花完了，乃哈哈大笑，扬长而去。

当时在他们旧式社会里，逛妓院与娶姨太太并不认为是不正当的事，所以辜先生还有一个日本籍的姨太太。他是公开主张多妻主义的，他一个最出名的笑话就是：“人家家里只有一个茶壶配上几个茶杯，哪有一个茶杯配上几个茶壶的道理？”这个譬喻早已传诵一时；但其本质确是一种诡辩。不料以后还有因此而连带发生一个引申的譬喻。陆小曼同徐志摩结婚以后，她怕徐志摩再同别个人谈恋爱，所以对志摩说：“志摩！你不能拿辜先生茶壶的譬喻来作藉口，你要知道，你不是我的茶壶，乃是我的牙刷，茶壶可以公开用的，牙刷不能公开用的！”作文和说理用譬喻在逻辑上是犯大忌的，因为譬喻常常用性质不同的事物作比，并在这里面隐藏着许多遁词。

辜先生英文写作的特长，就是作深刻的讽刺。我在国外时，看见一本英文杂志里有他的一篇文章，所采的体裁是欧洲中世纪基督教常用的问答传习体（Catechism）。其中有几条我至今还记得很清楚，如：“什么是天堂？天堂是在上海静安寺路最舒适的洋房里！谁是傻瓜？傻瓜是任何外国人在上海不能发财的！什么是侮辱上帝？侮辱上帝是说赫德（Sir Robert Hart）总税务司为中国定下的海关制度并非至美至善。”诸如此类的问题有二三十个，用字和造句的深刻和巧妙，真是可以令人拍案叫绝。大约是在一九二零年美国《纽约时报》的星期杂志上有一篇辜先生的论文，占满第一页全面。中间插入一个辜先生的漫画像，穿着前清的顶戴朝服，后面拖了一根大辫子。这篇文章的题目是《没有文化的美国》（*The Uncivilized United States*）。他批评美国文学的时候说美国除了Edgar Allan Poe所著的*Annabelle Les*之外，没有一首好诗。诸如此类的议论很多，可是美国这个权威的大报，却有这种幽默感把他全文登出。美国人倒是有种雅量，欢喜人家骂他，愈骂得痛快，他愈觉得舒服，只要你骂的技术够巧妙。像英国的王尔德、萧伯纳都是用这一套方法得到美国人的崇拜。在庚子八国联军的时候，辜先生曾用拉丁文在欧洲发表一篇替中国说话的文章，使欧洲人士大为惊奇。善于运用中国的观点来批评西洋的社会和文化，能够搔着人家的痒处，这是辜先生能够得到西洋文艺界赞美佩服的一个理由。

无疑义的，辜先生是一个有天才的文学家，常常自己觉得怀才不遇，所以搞到恃才傲物。他因为生长在华侨社会之中，而华侨常饱受着外国人的歧视，所以他对外国人自不免取嬉笑怒骂的态度以发泄此种不平之气。他又生在中国混乱的社会里，更不免愤世嫉俗。他走到旧复辟派这条路上去，亦是不免故意好奇立异，表示与众不同。他曾经在教室里对我们说过："现在中国只有二个好人，一个是蔡元培先生，一个是我，因为蔡先生点了翰林之后不肯做官就去革命，到现在还是革命。我呢？自从跟张文襄（之洞）做了前清的官以后，到现在还是保皇。"这可能亦是他自己的"解嘲"和"答客难"吧！

哭鲁迅先生

孙伏园

像散沙一般，正要团结起来；像瘫病一样，将要恢复过来；全民族被外力压迫的刚想振作，而我们的思想界和精神界的勇猛奋进的大将忽然撒手去了。

鲁迅先生去世的消息，我于一天半以后才在定县得到。十月廿日的下午三点钟，我被零碎事情缠得还没有看当天的北平报，多承褚述初兄跑来告我这样一个惊人的消息。从此一直到夜晚，我就没有做一点工作，心头想的，口头说的，无非鲁迅先生。我没有哭。我本来不敏感，后来学镇定，最后却因受了刺激多了，自然就成了麻木。但我觉得这一回我所受的刺激是近几年来少有的。

我回忆到廿五年以前去了。

我最初认识鲁迅是在绍兴的初级师范学堂。那一年是宣统三年，我十八岁，在绍兴初级师范学堂上学。浙江光复以后，绍兴军政府发表师范学堂的堂长是原来绍兴府学堂学监周豫才（树人）先生，就是日后的鲁迅先生。鲁迅先生到校和全校学生相见的那一天，穿一件灰色棉袍，头上却戴一顶陆军帽。这陆军帽的来历，以后我一直也没有机会问鲁迅先生，现在推想起来，大概是仙台医学专门学校的制服罢。鲁迅先生的谈话简明有力，内容现在自然记不得了，但那时学生欢迎新校长的态度，完全和欢迎新国家的态度一样，那种热烈的情绪在我回忆中还是清清楚楚的。

我是一个不大会和教师接近的人：一则我不用功，所以不需要请教；二则我颇厌倦于家庭中的恭顺有礼的生活，所以不大愿意去见师长。我和鲁迅先生的熟识却是因为职务，我那时正做着级长，常常得见学校的当局。记得一件奔走次数最多的事是学生轰走了英文教员，鲁迅先生的态度以为学生既要自己挑选教员，那么他便不再聘请了。我于是乎向校长和同学两方面奔走解释。那时鲁迅先生说："我有一个兄弟，刚刚从立教大学毕业回来，本来也可以请他教的；但学生的态度如此，我也不愿意提这个话了。"这指的便是周启明先生。同学听到这个消息以后，非要我努力请到这位校长的兄弟继任英文教员不可，但是我稚弱的言辞始终没有打动校长的坚决，英文讲席到底虚悬，只是年考时居然喜出望外的来了周启明先生给我们出题并监试。

鲁迅先生有时候也自己代课，代国文教员改文。学生们因为思想上多少得了鲁迅先生的启示，文字也自然开展起来。大概是目的在于增加青年们的勇气吧，我们常常得到夸奖的批语。我自己有一回竟在恭贺南京政府成立并改用阳历一类题目的文字后得到"嬉笑怒骂皆成文章"八个字。直到现在廿五年了，我对这八个字还惭愧，觉得没有能副鲁迅先生期望。

鲁迅先生不久辞了校长。后来知道鲁迅先生交卸的时候，学校里只剩了一毛多钱；也从旁处听见军政府如何欠付学款，及鲁迅先生如何辛苦撑持。那时候一切都混乱，青年们发现了革命党里也有坏人，给予简单的头脑一个不期待的打击。对于旧势力抬头，这却是一个极好的机会。继任鲁迅先生作校长的，正如继任孙中山先生作总统的；这个对比，全国各地，无论上下，都极普遍。欠付学款的军政府，因为种种措施不妥，后来成了全绍兴攻击的目标，旧势力找到革命党的罅隙，乘机竭力的挣扎出来。青年们一般的陷入苦闷，我也不再进那个学校。

鲁迅先生跟着南京政府搬到北京，他的苦闷也许比一般青年更甚，只要看他在创作《狂人日记》以前几年，住在绍兴会馆抄古碑的生活就可以知道。不过外面虽然现着异常孤冷，鲁迅先生的内心生活是始终热烈的，仿佛地球一般，外面是地壳，内面是熔岩。这熔岩是一切伟大事业的源泉，有自发的力，有自发的光，有自发的热，决不计较什么毁誉。例如金陵佛经流通处捐资刻《百喻经》，又如刊行《会稽郡故书杂集》，这种不含丝毫名利观念的提倡文化事业，甚至一切事业，在鲁迅先生的一生中到处可以看得出来。

凡是和鲁迅先生商量什么事情，需要他一些助力的，他无不热烈真诚的给你助力。他的同情总是在弱者一面，他的助力自然更是用在弱者一面。即如他为晨报副刊写文字，就完全出于他要帮助一个青年学生的我，使我能把报办好，把学术空气提倡起来。我个人受他的精神的物质的鼓励，真是数也数不尽。当我初学写作的时候，鲁迅先生总是鼓励着说："如果不会创作，可以先翻译一点别国的作品；如果不会写纯文艺的东西，可以先写一点小品札记之类。"许多人都是受到鲁迅先生这种鼓励得到成功的，我也用了鲁迅先生这话鼓励过比我更年青的人。只是我自己太愚鲁，也太不用功，所以变成了例外。

至于为人处世，他帮忙我的地方更多了。鲁迅先生因为太热烈，太真诚，一生碰过多少次壁。这种碰壁的经验，发而为文章，自然全在这许多作品里；发而为口头的议论，则我自觉非常幸运，听到的乃至受用的，比任何经籍给我的还多。我是一个什么事情也不会动手的，身体又薄弱，经不起辛苦，鲁迅先生教我种种保卫锻炼的方法。现在想起来真是罪无可逭：我们一同旅行的时候，如到陕西，到厦门，到广州，我的铺盖常常是鲁迅先生替我打的。耶稣尝为门徒洗脚，我总要记起这个故事。

在陕西讲学，一个月时间得酬三百元。我们有三个人不到一个月便走了，鲁迅先生和我商量：只要够旅费，我们应该把陕西人的钱在陕西用掉。后来打听得易俗社的戏曲学校和戏园经费困难，我们便捐了一点钱给易俗社。还有一位先生对于艺术没有多少兴趣，那自然听便。西北大学的工友们招呼得很周到，鲁迅先生主张多给钱。还有一位先生说："工友既不是我们的父亲，又不是我们的儿子；我们下一趟不知什么时候才来；我以为多给钱没有意义。"鲁迅先生当时堵着嘴不说话，后来和我说："我顶不赞成他的'下一趟不知什么时候才来'说，他要少给让他少给好了，我还是照原议多给。"

鲁迅先生居家生活非常简单，衣食住几乎全是学生时代的生活。他虽然作官十几年，教书十几年，对于一般人往往无法避免的无聊娱乐，如赌博，如旧戏，如妓院，他从未沾染丝毫。教育部的同人都知道他是怪人，而且知道所谓怪者无非书生本色，所以大家尊敬他。他平常只穿旧布衣，像一个普通大学生。西服的裤子总是单的，就是在北平的大冷天，鲁迅先生也永远穿着这样的单裤。

一天我听周老太太说，鲁迅先生的裤子还是三十年前留学时代的，已经补过多少回，她实在看不过去了，所以叫周太太做了一条棉裤，等鲁迅先生上衙门的时候，偷偷地放在他的床上，希望他不留神能换上，万不料竟被他扔出来了。老太太认为我的话有时还能邀老师的信任，所以让我劝劝他。

鲁迅先生给我的答话却是不平庸的："一个独身的生活，决不能常往安逸方面着想的。岂但我不穿棉裤而已，你看我的棉被，也是多少年没有换的老棉花，我不愿意换。你再看我的铺板，我从来不愿意换藤绷或棕绷，我也从来不愿意换厚褥子。生活太安逸了，工作就被生活所累了。"这是的确的，鲁迅先生的房中只有床铺，网篮，衣箱，书案，这几样东西。万一什么时候要出走，他只要把铺盖一卷，网篮或衣箱任取一样，就是登程的旅客了，他永远在奋斗的途中，从来不梦想什么较为安适的生活。他虽然处在家庭中，过的生活却完全是一个独身者。

鲁迅先生的北平寓所是他自己经管的。有一位教育部的同事李老先生最帮忙，在房屋将要完工的时候，我同鲁迅先生去看，李老先生还在那儿监工，他对我客气到使我觉察他太有礼貌了。我非常局促不安。鲁迅先生对他说："李先生不要太客气了，他还是我的学生。"李老先生的态度这才自然得多了。鲁迅先生自己待朋友，和朋友待他，大抵是如此义侠的。他把友敌分得非常清楚，他常常注意到某人是 Spy，某人是 Traitor，一个没干过革命工作的或只是寻常知识社会或商业社会的人是不大会了解的，他们只了解酒食征逐的或点头招手的相好。而鲁迅先生的朋友大抵是古道热肠的。他后来同我说："你看李先生这种人真是好朋友，帮我那么多日子的忙，连茶水都不喝我一口的。"

李先生替鲁迅先生的北房之后接出一间房子去，用玻璃窗，近乎书室，作为鲁迅先生的写作场所。鲁迅先生和我便到这间房子中坐下。鲁迅先生说："我将来便住在这个老虎尾巴里。"因为这间房子是在全房屋的后面拖出一条去，颇像老虎之有尾巴；一直到鲁迅先生离开北平，一切写作及起居，都在这老虎尾巴之中。老虎尾巴的北面还有后园，自然是因为老虎尾巴而缩小多多了。散文诗《秋夜》的开头便说："在我的后园，可以看见墙外有两株树，一株是枣树，还有一株也是枣树。"这似乎便是鲁迅先生坐在老虎尾巴中的创作的第一篇。

到厦门，到广州，我和鲁迅先生都在一起。鲁迅先生到一处新地方，都是青年心理，抱一腔很大的希望。厦门风景的阔大旷野，可做的工作之多，初到时给予我们的印象实在深刻。后来固然因为广东方面的不能推却，只有离开厦门到广东去，但是厦门的许多人事，我后来听鲁迅先生说，那真是初去时所不及料的。

广东给人的希望更多了。但是结果也和厦门一样。鲁迅先生后几年多用时间于写作，关于厦门和广州，都有详书的纪载；我却被武汉、欧洲、定县，这三段不同的生活所隔，有时翻阅鲁迅先生纪载华南景物的文字，竟有如同隔世之感了。只是鲁迅先生从广州北返上海时，和我将要从上海动身赴欧洲时，这中间我们有许多次谈话的印象至今还是深刻的。我从欧洲回国，以后便长期住在华北的农村里，曾有三四次经过上海，总是匆促的很。周乔峰先生在商务印书馆，访问比较方便，有时也正值鲁迅先生的住址不能公开，我于是只求乔峰先生代为问好，屈指一算，违教已经八年了。

十月廿日下午三点钟的消息，勾起我廿五年来的回忆。这回忆，用了廿五年的时间，清清楚楚的写在我的生活上，我无论如何没有法子再用笔墨翻译成文字的了。能翻译的也许只是最不精彩的一部分。

廿一日我到北平，廿二日往谒周老太太。鲁迅先生的客厅里原来挂着陶元庆先生所作的木炭画像，似乎略移到了居中一点；即在这画像前供了一张书案，上有清茶烟卷文具；等我和三弟春苔都凄然的致了敬礼，周太太陪我们到上房见老太太，先看见鲁迅先生的工作室“老虎尾巴”依旧，只是从此不会再有它的主人骑在上面，作鞭策全民族往前猛进的伟业了。

周老太太自然不免悲戚，但是鲁迅先生的伟大，很看得出大部分是秉承老太太的遗传的，只是老太太比鲁迅先生更温和、慈祥、旷达些。“论寿，五十六岁也不算短了；只是我的寿太长了些；譬如我去年死了，今年不是甚么也不知道了么?”听老太太这话，很像是读鲁迅先生的文章，内含的哲理和外形的笔法都是相象的。老太太今年才八十，这样的谈风实在是期颐的寿征。只是周太太的凄楚神情，不禁也令我们动感。

“绝望之为虚妄，正与希望相同。”对于鲁迅先生躯体的生存，我们是已经绝望的；但我们诵鲁迅先生的这句遗教，知道绝望也是虚妄的，那么我们还是转到希望一面，也许希望比绝望少虚妄一些，我们希望鲁迅先生的思想精神永远领导我们勇猛奋进罢。

金岳霖先生

汪曾祺

西南联大有许多很有趣的教授，金岳霖先生是其中的一位。金先生是我的老师沈从文先生的好朋友。沈先生当面和背后都称他为“老金”。大概时常来往的熟朋友都这样称呼他。关于金先生的事，有一些是沈先生告诉我的。我在《沈从文先生在西南联大》一文中提到过金先生。有些事情在那篇文章里没有写进去，觉得还应该写一写。

金先生的样子有点怪。他常年戴着一顶呢帽，进教室也不脱下。每一学年开始，给新的一班学生上课，他的第一句话总是：“我眼睛有毛病，不能摘帽子，并不是对你们不尊重，请原谅。”他的眼睛有什么病，我不知道，只知道怕阳光。因此他的呢帽的前檐压得比较低，脑袋总是微微地仰着。他后来配了一副眼镜，这副眼镜一只的镜片是白的，一只是黑的。这就更怪了。后来在美国讲学期间把眼睛治好了，——好一些了，眼镜也换了，但那微微仰着脑袋的姿态一直还没有改变。他身材相当高大，经常穿一件烟草黄色的麂皮夹克，天冷了就在里面围一条很长的驼色的羊绒围巾。联大的教授穿衣服是各色各样的。闻一多先生有一阵穿一件式样过时的灰色旧夹袍，是一个亲戚送给他的，领子很高，袖口极窄。联大有一次在龙云的长子、蒋介石的干儿子龙绳武家里开校友会，——龙云的长媳是清华校友，闻先生在会上大骂“蒋介石，王八蛋！混蛋！”那天穿的就是这件高领窄袖的旧夹袍。朱自清先生有一阵披着一件云南赶马人穿的蓝色毡子的一口钟。除了体育教员，教授里穿夹克的，好像只有金先生一个人。他的眼睛即使是到美国治了后也还是不大好，走起路来有点深一脚浅一脚。他就这样穿着黄夹克，微仰着脑袋，深一脚浅一脚地在联大新校舍的一条土路上走着。

金先生教逻辑。逻辑是西南联大规定文学院一年级学生的必修课，班上学生很多，上课在大教室，坐得满满的。在中学里没有听说有逻辑这门学问，大一的学生对这课很有兴趣。金先生上课有时要提问，那么多的学生，他不能都叫得上名字来，——联大是没有点名册的，他有时一上课就宣布：“今天，穿红毛衣的女同学回答问题。”于是所有穿红毛衣的女同学就都有点紧张，又有点兴奋。那时联大女生在蓝阴丹士林旗外面套一件红毛衣成了一种风气。——穿蓝毛衣、黄毛衣的极少。问题回答得流利清楚了，也是件出风头的事。金先生很注意地听着，完了，说：“Yes！请坐！”

学生也可以提出问题，请金先生解答。学生提的问题深浅不一，金先生有问必答，很耐心。有一个华侨同学叫林国达，操广东普通话，最爱提问题，问题大都奇奇怪怪。他大概觉得逻辑这门学问是挺“玄”的，应该提点怪问题。有一次他又站起来提了一个怪问题。金先生想了一想，说：“林国达同学，我问你一个问题，‘Mr. 林国达 is perpenticular to the blackboard（林国达君垂直于黑板），这是什么意思？”林国达傻了。林国达当然无法垂直于黑板，但这句话在逻辑上没有错误。

林国达游泳淹死了。金先生上课，说：“林国达死了，很不幸。”这一堂课，金先生一直没有笑容。

有一个同学，大概是陈蕴珍，即萧珊，曾问过金先生：“您为什么要搞逻辑？”逻辑课的前一半讲三优论，大前提、小前提、结论、周延、不周延、归纳、演绎……还比较有意思。后半部全是符号，简单像高等数学。她的意思是：这种学问多么枯燥！金先生的回答是：“我觉得它很好玩。”

除了文学院大一学生必修课逻辑，金先生还开了一门“符号逻辑”，是选修课。这门学问对我来说简直是天书。选这门课的人很少，教室里只有几个人。学生最最突出的是王浩。金先生讲着讲着，有时会停下来，问：“王浩，你以为如何？”这堂课就成了他们师生二人的对话。王浩现在在美国，前些年写了一篇关于金先生的较长的文章，大概是论金先生之学的，我没有见到。

王浩和我是相当熟的。他有个要好的朋友王景鹤，和我同在昆明黄土坡一个中学教书，王浩常来玩。来了，常打篮球。大都是吃了午饭就打。王浩管吃了饭就打球叫“练盲肠”。王浩的相貌颇“土”，脑袋很大，剪了一个光头，——联大同学剪光头的很少，说话带山东口音。他现在成了洋人——美籍华人，国际知名的学者，我实在想象不出他现在是什么样子。前年他回国讲学，托一个同学要我给他画一张画。我给他画了几个青头菌、牛肝菌，一根大葱，两头蒜，还有一块很大的宣威火腿。——火腿是很少人画的。我在画上题了几句话，有一句是“以慰王浩异国乡情”。王浩的学问，原来是师承金先生的。一个人一生哪怕只教出一个好学生，也值得了。当然，金先生的好学生不止一个人。

金先生是研究哲学的，但是他看了很多小说。从普鲁斯特到福尔摩斯，都看。听说他很爱看平江不肖生的《江湖奇侠传》。有几个联大同学住在金鸡巷，陈蕴珍、王树藏、刘北汜、施载宣（萧荻），楼上有一间小客厅，沈先生有时拉一个熟人去给少数的爱好文学，写写东西的同学讲一点什么。金先生有一次也被拉了去。他讲的题目是《小说和哲学》。题目是沈先生给他出的。大家以为金先生一定会讲出一番道理。不料金先生讲了半天，结论却是：小说和哲学没有关系。有人问：那么《红楼梦》呢？金先生说：“红楼梦里的哲学不是哲学。”他讲着讲着，忽然停下来：“对不起，我这里有个小动物。”他把右手伸进后脖颈，捉出了一个跳蚤，捏在手指里看看，甚为得意。

金先生是个单身汉（联大教授里不少光棍，杨振声先生曾写过一篇游戏文章《释鳏》，在教授间传阅），无儿无女，但是过得自得其乐。他养了一只很大的斗鸡（云南出斗鸡）。这只斗鸡能把脖子伸上来，和金先生一个桌子吃饭。他到处搜罗大梨、大石榴，拿去和别的教授的孩子比赛。比输了，就把梨或石榴送给他的小朋友，他再去买。

金先生朋友很多，除了哲学家的教授外，时常来往的，据我所知，有梁思成、林徽因夫妇，沈从文，张奚若……君子之交淡如水，坐定之后，清茶一杯，闲话片刻而已。金先生对林徽因的谈吐才华，十分欣赏。现在的年轻人多不知道林徽因。她是学建筑的，但是对文学的趣味极高，精于鉴赏，所写的诗和小说如《窗子以外》《九十九度中》风格清新，一时无二。林徽因死后，有一年，金先生在北京饭店请了一次客，老朋友收到通知，都纳闷：老金为什么请客？到了之后，金先生才宣布："今天是徽因的生日。"

金先生晚年深居简出。毛主席曾经对他说："你要接触接触社会。"金先生已经八十岁了，怎么接触社会呢？他就和一个蹬平板三轮车的约好，每天蹬着他到王府井一带转一圈。我想象金先生坐在平板三轮上东张西望，那情景一定非常有趣。王府井人挤人，熙熙攘攘，谁也不会知道这位东张西望的老人是一位一肚子学问，为人天真、热爱生活的大哲学家。

金先生治学精深，而著作不多。除了一本大学丛书里的《逻辑》，我所知道的，还有一本《论道》。其余还有什么，我不清楚，须问王浩。

我对金先生所知甚少。希望熟知金先生的人把金先生好好写一写。

联大的许多教授都应该有人好好地写一写。

一九八七年二月二十三日

沈从文先生在西南联大

汪曾祺

沈先生在联大开过三门课：各体文习作、创作实习和中国小说史。三门课我都选了，——各体文习作是中文系二年级必修课，其余两门是选修。西南联大的课程分必修与选修两种。中文系的语言学概论、文字学概论、文学史（分段）……是必修课，其余大都是任凭学生自选。《诗经》《楚辞》《庄子》《昭明文选》、唐诗、宋诗、词选、散曲、杂剧与传奇……选什么，选哪位教授的课都成。但要凑够一定的学分（这叫“学分制”）。一学期我只选两门课，那不行。自由，也不能自由到这种地步。

创作能不能教？这是一个世界性的争论问题。很多人认为创作不能教。我们当时的系主任罗常培先生就说过：大学是不培养作家的，作家是社会培养的。这话有道理。沈先生自己就没有上过什么大学。他教的学生后来成为作家的，也极少。但是也不是绝对不能教。沈先生的学生现在能算是作家的，也还有那么几个。问题是由什么样的人来教，用什么方法教。现在的大学里很少开创作课的，原因是找不到合适的人来教。偶尔有大学开这门课的，收效甚微，原因是教得不甚得法。

教创作靠“讲”不成。如果在课堂上讲鲁迅先生所讥笑的“小说作法”之类，讲如何作人物肖像，如何描写环境，如何结构，结构有几种——攒珠式的、橘瓣式的……那是要误人子弟的。教创作主要是让学生自己“写”。沈先生把他的课叫作“习作”“实习”，很能说明问题。如果要讲，那“讲”要在“写”之后。就学生的作业，讲他的得失。教授先讲一套，让学生照猫画虎，那是行不通的。

沈先生是不赞成命题作文的，学生想写什么就写什么。但有时在课堂上也出两个题目。沈先生出的题目都非常具体。我记得他曾给我的上一班同学出过一个题目：“我们的小庭院有什么”。有几个同学就这个题目写了相当不错的散文，都发表了。他给比我低一班的同学曾出过一个题目：“记一间屋子里的空气”！我的那一班出过些什么题目，我倒不记得了。沈先生为什么出这样的题目？他认为：先得学会车零件，然后才能学组装。我觉得先作一些这样的片段的习作，是有好处的，这可以锻炼基本功。现在有些青年文学爱好者，往往一上来就写大作品，篇幅很长，而功力不够，原因就在零件车得少了。

沈先生的讲课，可以说是毫无系统。前已说过，他大都是看了学生的作业，就这些作业讲一些问题。他是经过一番思考的，但并不去翻阅很多参考书。沈先生读很多书，但从不引经据典，他总是凭自己的直觉说话，从来不说亚里士多德怎么说，福楼拜怎么说，托尔斯泰怎么说，高尔基怎么说。他的湘西口音很重，声音又低，有些学生听了一堂课，往往觉得不知道听了一些什么。沈先生的讲课是非常谦抑，非常自制的。他不用手势，没有任何舞台道白式的腔调，没有一点哗众取宠的江湖气。他讲得很诚恳，甚至很天真。但是你要是真正听“懂”了他的话，——听“懂”了他的话里并未发挥罄尽的余意，你是会受益匪浅，而且会终生受用的。听沈先生的课，要像孔子的学生听孔子讲话一样：“举一隅而三隅反”。

沈先生讲课时所说的话我几乎全都忘了（我这人从来不记笔记）！我们有一个同学把闻一多先生讲唐诗课的笔记记得极详细，现已整理出版，书名就叫《闻一多论唐诗》，很有学术价值，就是不知道他把闻先生讲唐诗时的“神气”记下来了没有。我如果把沈先生讲课时的精辟见解记下来，也可以成为一本《沈从文论创作》。可惜我不是这样的有心人。

沈先生关于我的习作讲过的话我只记得一点了，是关于人物对话的。我写了一篇小说（内容早已忘记干净），有许多对话。我竭力把对话写得美一点，有诗意，有哲理。沈先生说：“你这不是对话，是两个聪明脑壳打架！”从此我知道对话就是人物所说的普普通通的话，要尽量写得朴素，不要哲理，不要诗意。这样才真实。

沈先生经常说的一句话：“要贴到人物来写。”很多同学不懂他的这句话是什么意思。我以为这是小说学的精髓。据我的理解，沈先生这句极其简略的话包含这样几层意思：小说里，人物是主要的，主导的；其余部分都是派生的，次要的。环境描写、作者的主观抒情、议论，都只能附着于人物，不能和人物游离，作者要和人物同呼吸、共哀乐。作者的心要随时紧贴着人物。什么时候作者的心“贴”不住人物，笔下就会浮、泛、飘、滑，花里胡哨，故弄玄虚，失去了诚意。而且，作者的叙述语言要和人物相协调。写农民，叙述语言要接近农民；写市民，叙述语言要近似市民。小说要避免“学生腔”。

我以为沈先生这些话是浸透了淳朴的现实主义精神的。

沈先生教写作，写的比说的多。他常常在学生的作业后面写很长的读后感，有时会比原作还长。这些读后感有时评析本文得失，也有时从这篇习作说开去，谈及有关创作的问题，见解精到，文笔讲究。——一个作家应该不论写什么都写得讲究。这些读后感也都没有保存下来，否则是会比《废邮存底》还有看头的。可惜！

沈先生教创作还有一种方法，我以为是行之有效的，学生写了一个作品，他除了写很长的读后感之外，还会介绍你看一些与你这个作品写法相近似的中外名家的作品。记得我写过一篇不成熟的小说《灯下》，记一个店铺里上灯以后各色人的活动，无主要人物、主要情节，散散漫漫。沈先生就介绍我看了几篇这样作品，包括他自己写的《腐烂》。学习看看别人是怎样写的，自己是怎样写的，对比借鉴，是会有长进的。这些书都是沈先生找来，带给学生的。因此他每次上课，走进教室里时总要夹着一大摞书。

沈先生就是这样教创作的。我不知道还有没有别的更好的方法教创作。我希望现在的大学里教创作的老师能用沈先生的方法试一试。

学生习作写得较好的，沈先生就做主寄到相熟的报刊上发表。这对学生是很大的鼓励。多年以来，沈先生就干着给别人的作品找地方发表这种事。经他的手介绍出去的稿子，可以说是不计其数了。我在一九四六年前写的作品，几乎全都是沈先生寄出去的。他这辈子为别人寄稿子用去的邮费也是一个相当可观的数目了。为了防止超重太多，节省邮费，他大都把原稿的纸边裁去，只剩下纸芯。这当然不大好看。但是抗战时期，百物昂贵，不能不打这点小算盘。

沈先生教书，但愿学生省点事，不怕自己麻烦。他讲《中国小说史》，有些资料不易找到，他就自己抄，用夺金标毛笔，筷子头大的小行书抄在云南竹纸上。这种竹纸高一尺，长四尺，并不裁断，抄得了，卷成一卷。上课时分发给学生。他上创作课夹了一摞书，上小说史时就夹了好些纸卷。沈先生做事，都是这样，一切自己动手，细心耐烦。他自己说他这种方式是“手工业方式”。他写了那么多作品，后来又写了很多大部头关于文物的著作，都是用这种手工业方式搞出来的。

沈先生对学生的影响，课外比课堂上要大得多。他后来为了躲避日本飞机空袭，全家移住到呈贡桃园，每星期上课，进城住两天。文林街二十号联大教职员宿舍有他一间屋子。他一进城，宿舍里几乎从早到晚都有客人。客人多半是同事和学生，客人来，大都是来借书，求字，看沈先生收到的宝贝，谈天。

沈先生有很多书，但他不是“藏书家”，他的书，除了自己看，是借给人看的，联大文学院的同学，多数手里都有一两本沈先生的书，扉页上用淡墨签了“上官碧”的名字。谁借了什么书，什么时候借的，沈先生是从来不记得的。直到联大“复员”，有些同学的行装里还带着沈先生的书，这些书也就随之而漂流到四面八方了。沈先生书多，而且很杂，除了一般的四部书、中国现代文学、外国文学的译本，社会学、人类学、黑格尔的《小逻辑》、弗洛伊德、亨利·詹姆斯、道教史、陶瓷史、《髹饰录》、《糖霜谱》……兼收并蓄，五花八门。这些书，沈先生大都读过。沈先生称自己的学问为“杂知识”。一个作家读书，是应该杂一点。沈先生读过的书，往往在书后写两行题记。有的是记一个日期，那天天气如何，也有时发一点感慨。有一本书的后面写道：“某月某日，见一大胖女人从桥上过，心中十分难过。”这两句话我一直记得，可是一直不知道是什么意思。大胖女人为什么使沈先生十分难过呢？

沈先生对打扑克简直是痛恨。他认为这样地消耗时间，是不可原谅的。他曾随几位作家到井冈山住了几天。这几位作家成天在宾馆里打扑克，沈先生说起来就很气愤：“在这种地方，打扑克！”沈先生小小年纪就学会掷骰子，各种赌术他也都明白，但他后来不玩这些。沈先生的娱乐，除了看看电影，就是写字。他写章草，笔稍偃侧，起笔不用隶法，收笔稍尖，自成一格。他喜欢写窄长的直幅，纸长四尺，阔只三寸。他写字不择纸笔，常用糊窗的高丽纸。他说：“我的字值三分钱！”从前要求他写字的，他几乎有求必应。近年有病，不能握管，沈先生的字变得很珍贵了。

沈先生后来不写小说，搞文物研究了，国外、国内，很多人都觉得很奇怪。熟悉沈先生的历史的人，觉得并不奇怪。沈先生年轻时就对文物有极其浓厚的兴趣。他对陶瓷的研究甚深，后来又对丝绸、刺绣、木雕、漆器……都有广博的知识。沈先生研究的文物基本上是手工艺制品。他从这些工艺品看到的是劳动者的创造性。他为这些优美的造型、不可思议的色彩、神奇精巧的技艺发出的惊叹，是对人的惊叹。他热爱的不是物，而是人。他对一件工艺品的孩子气的天真激情，使人感动。我曾戏称他搞的文物研究是“抒情考古学”。他八十岁生日，我曾写过一首诗送给他，中有一联：“玩物从来非丧志，著书老去为抒情”，是记实。他有一阵在昆明收集了很多耿马漆盒。这种黑红两色刮花的圆形缅漆盒，昆明多的是，而且很便宜。沈先生一进城就到处逛地摊，选买这种漆盒。他屋里装甜食点心、装文具邮票……的，都是这种盒子。有一次买得一个直径一尺五寸的大漆盒，一再抚摩，说："这可以作一期《红黑》杂志的封面！"他买到的缅漆盒，除了自用，大多数都送人了。有一回，他不知从哪里弄到很多土家族的挑花布，摆得一屋子，这间宿舍成了一个展览室。来看的人很多，沈先生于是很快乐。这些挑花图案天真稚气而秀雅生动，确实很美。

沈先生不长于讲课，而善于谈天。谈天的范围很广，时局、物价……谈得较多的是风景和人物。他几次谈及玉龙雪山的杜鹃花有多大，某处高山绝顶上有一户人家，——这是这样一户！他谈某一位老先生养了二十只猫。谈一位研究东方哲学的先生跑警报时带了一只小皮箱，皮箱里没有金银财宝，装的是一个聪明女人写给他的信。谈徐志摩上课时带了一个很大的烟台苹果，一边吃，一边讲，还说："中国东西并不都比外国的差，烟台苹果就很好！"谈梁思成在一座塔上测绘内部结构，差一点从塔上掉下去。谈林徽因发着高烧，还躺在客厅里和客人谈文艺。他谈得最多的大概是金岳霖。金先生终生未娶，长期独身。他养了一只大斗鸡。这鸡能把脖子伸到桌上来，和金先生一起吃饭。他到处搜罗大石榴、大梨，买到大的，就拿去和同事的孩子的比，比输了，就把大梨、大石榴送给小朋友，他再去买！……沈先生谈及的这些人有共同特点。一是都对工作、对学问热爱到了痴迷的程度；二是为人天真到像一个孩子，对生活充满兴趣，不管在什么环境下永远不消沉沮丧，无机心、少俗虑。这些人的气质也正是沈先生的气质。“闻多素心人，乐与数晨夕”，沈先生谈及熟朋友时总是很有感情的。

文林街文林堂旁边有一条小巷，大概叫作金鸡巷，巷里的小院中有一座小楼。楼上住着联大的同学：王树藏、陈蕴珍（萧珊）、施载宣（萧荻）、刘北汜。当中有个小客厅。这小客厅常有熟同学来喝茶聊天，成了一个小小的沙龙。沈先生常来坐坐。有时还把他的朋友也拉来和大家谈谈。老舍先生从重庆过昆明时，沈先生曾拉他来谈过“小说和戏剧”。金岳霖先生也来过，谈的题目是“小说和哲学”。金先生是搞哲学的，主要是搞逻辑的，但是读很多小说，从普鲁斯特到《江湖奇侠传》。“小说和哲学”这题目是沈先生给他出的。不料金先生讲了半天，结论却是：小说和哲学没有关系。他说《红楼梦》里的哲学也不是哲学。他谈到兴浓处，忽然停下来，说：“对不起，我这里有个小动物！”说着把右手从后脖领伸进去，捉出了一只跳蚤，甚为得意。我们问金先生为什么搞逻辑，金先生说：“我觉得它很好玩！”

沈先生在生活上极不讲究。他进城没有正经吃过饭，大都是在文林街二十号对面一家小米线铺吃一碗米线。有时加一个西红柿，打一个鸡蛋。有一次我和他上街闲逛，到玉溪街，他在一个米线摊上要了一盘凉鸡，还到附近茶馆里借了一个盖碗，打了一碗酒。他用盖碗盖子喝了一点，其余的都叫我一个人喝了。

沈先生在西南联大是一九三八年到一九四六年。一晃，四十多年了！

一九八六年一月二日上午

忆亡师

梁得所

Why do your big tears fall，Daddy？

Mother’s not far away.

I often seem to hear her voice——

falling across my Play.

你为什么流泪，爹爹？

母亲并未远去；

她的声音若隐若现——

常常留在我耳边。

趁着新年几天休假，从事选译世界名歌，译到上面的几句，心头不禁黯然。深幸我的母亲还健在，然而想起一位像母亲同时像姊姊的教师，她竟在十多年前去世了。

我今日能够试译歌曲，不能不追念那位亡师，因为英文 ABC 和乐谱的ABC，都是她教我启蒙的。

她是一位年青的美国姑娘，自从到中国的L县之后，学了一口乡间土话，语音差不多和本地人一样。她原名Harney Kunkie，倘若问她姓名，必答以“龚嫺礼”。也许更声明“嫺”字不是“娴”，从“月”不从“木”。

小孩子遇见她，没有不趋前欢呼“龚小姐”的。L县的人识“龚小姐”，仿佛现在美国人识曼丽璧克福一样。甚至后来，乡间小孩子们每见西人妇女，统称为“龚小姐”，可见她在众人心目中的地位了。

龚小姐终于做小学校长，兼教英文和音乐两科。我那时在高小，有机会受她的教课。仿佛记得当时其他先生批评，说龚小姐身为校长而不庄严。事实上也怪不到大人先生们的指责，例如有一次，未上课之前，某同学把讲台上教员的竹竿灌了水，当她拿起来指黑板的时候。冷水流进她衫袖里。她知道学生淘气，却不知谁做的，于是把竹竿掉转来，顺手将剩下的水点洒到学生座中。当我们欣然受这报复惩罚的时候，级中一位年纪最大的同学却板起面孔，表示责成她不庄严，她便走到那同学的位前，一边用衫袖替他揩去书上的水点，一边说：“敬三,一些玩意也要生气吗?”

教育学我并未细心研究，稚气未除有失威严的师长，在教育原理上得失如何，不敢加以判断，只是个人体验讲来，她所教授的科目，便是我最喜爱的功课。不但当年如此，就是现在以至将来，也不会忘记。

我家离她住宅不远，放学后常常跑到她的屋旁，帮助她淋花种菜，或挽着小桶替她喂马。她很爱马，有一次对我说：“许久没有工夫骑马，恐怕它太少运动，你可每天骑它去跑跑吗？”于是我每天日落后，骑出郊外兜个大圈，傍晚的清风吹向我胸襟，落霞的光彩映到我眼帘；幼小的心灵，感觉宇宙何其美妙而伟大！

有一天又说：“我想学省城话，你来教我；那么，我教你弹钢琴，大家交换好不好？”我当然赞成，因为虽然音乐课外还有歌诗班，但仍未满足我对音乐的爱好；初夏的时节，我便开始学习钢琴，那时手指很短，几乎伸不到音阶的一组，“不要紧，”她说，“年纪小练习容易进步。”

学了未满两个月，暑假到了。她应远方友人之邀，要到江西庐山避暑去。

“你暑假怎样过呢？”她未起程之前问我，未等我答便又续说，“空闲还是练练弹琴罢。”接着关照看管屋子的女佣许我用那钢琴。又指定一部简易琴谱，再叮嘱说，“不要忘记练习，让我回来的时候看你进步如何。”

昼长日永的夏天，除了树上的蝉声之外，一切十分静寂。同学先生都四散了，使我怀疑放假有什么好处？！正在纳闷的时候，忽然得闻一个消息：龚小姐在庐山跌下深涧死了！我呆了一会，只有希望这消息是谣传；然而信息确凿，决不会是假的。我瞻望着那人去楼空的屋子，对着那失了主人的骏马，心头一阵酸楚，不禁哭了起来。我对于悼丧的哀感很少经验，除了幼小未识悲哀时死过一个妹妹之外，却幸父母亲大人至今健在，而且素来不善流泪，有生以来，悼丧而哭的只有那一次而已。

夏去秋来，学校又开课。那年的秋天特别像秋天。自从龚小姐不在之后，喧闹声音果然减少；许多往日跳跃的孩子，在威严师长陶冶之下，渐渐变成寡言默笑的好学生。我呢，马没有再骑了，琴也因无人指导而中辍。据积分表的报告，各科成绩较前进步，可是现在严格追究起来，当时不免为积分而求积分，我的个性几乎埋没下去！

不久我离了L县，往后十多年，阔别远离，乡间小学的现状无从知清楚。月前接到一封客气的信，是那学校校长写来的，原来校长就是当年的算学教员黄先生。他的学识我一向钦服，可是提起他我就感到不快，他的一副铁青般的面孔，对待算错数的学生而发的呵斥，和平日用鼻音来应人的神气，简直有点可怕。他仿佛看小孩子不在眼内，而且像他这样毕业于省城中学的人物，在乡间是凤毛麟角；他似乎不想到小孩子有长大学成的一日。在他教授之下，我们因畏惧而用功。他无意中把一班小孩子训育成驯服的懦怯者，影响所及，现在我写到这里，亦几乎没有勇气来指责他。

假设当我在小学受基础教育的时代，黄先生教音乐而龚小姐教算术，那么，我的事业未必趋向文艺；就算天性使然，可是对于数理科学也不致像现在那么乏趣。这样，证明了龚小姐所给我的教育是真教育；更足以证明小学教育的师资，学问高深是次要，心地诚恳是第一条件。不要欺负童子无知，因为小孩子的感觉十分敏锐！

黄先生的信，无论如何我是决意恭敬作复，只是平时有懒写信的坏习惯，一天迟延一天，未上一个月，忽又闻得他遇盗被害，死于医院。他的信竟无从答复，我很对他不起。

故乡医院中去世的黄先生，当然尽哀尽礼地安葬了，而且每年必有亲友省墓。至于那死在异国异乡的龚小姐呢，她长眠荒凉的山麓，但愿飞萤每晚飞到她的墓前，露珠每朝落在她的坟上，替代她的亲友，慰问她无涯的寂寞。

岁月水一般奔流，人间的恩怨也就随着消逝：我对人们许多欠负无从报答，惟有勉力忘却别人对我的欠负。因为我们迟早都有撒手归去的一日，迟早有善恶两忘的时候。

死，不过是生之历程；亡师，你并未远去：你的声音若隐若现，至今留在我耳边。愿竭我绵力把你播下的种子培植起来，直到有了收成之后，欣然与你再相见。

一九三一年

陈瘦竹先生

叶兆言

我在南京大学读了七年书，课堂上聆听陈先生的教诲却没有几次。印象中都是讲座，记得有一次是讲莫里哀的喜剧，从头至尾，陈先生都很严肃，即使说俏皮话，也面不改色。

陈先生与我祖父我父亲都熟悉。我考上大学以后，有一次遇到我父亲，陈先生说："让你儿子来找我好了，我有话对他说。"于是我就去见陈先生。当时我很拘谨也很狂妄，刚上大学，雄心勃勃志大才疏，什么都想干，又不知道怎么干。陈先生直截了当问起我今后的打算，我犹豫再三，不知如何回答。这次谈话给我留下了一个非常窘迫的记忆。陈先生很热心地为我订了一个学习计划，这就是将来不管从事什么职业，在大学期间，除了课上好，必须每天二小时外语，二小时古文，每周一篇散文，每月一部短篇小说。

说起来便惭愧，如果真正贯彻执行陈先生的学习计划，一定受益更多。不管怎么说，这学习计划是我当时的座右铭。人难免偷懒，难免三心二意，有了这样的座右铭，一旦荒废了时间，起码可以让我感到自责和不安。读研究生时，有机会比较多地拜访陈先生，每次见到，必然问我最近的学习打算，叮嘱再三，让我经常去，说哪怕只是闲谈谈也好。和陈先生在一起，我总是拘束和脸红，当我见他放下大厚本的外语原作，手上用来读书的放大镜不知放在何处，笑呵呵向我走来时，一种自己是坏学生的内疚立刻涌上心头。虽然我已经下了不少死功夫，而且取得了一点点很微小的成绩，但是从陈先生家出来，我每次都能萌发出新的发愤用功的念头。

南京大学中文系有个传统，三年寒窗，研究生毕业，弟子一毛不拔，老师倒过来请学生美美地吃一顿。我的导师是叶子铭老师和邹恬老师。用叶老师的话说，陈先生是我们专业的老爷子，自然应该请坐首席。在学校读书，唯有到了这刻，师生欢聚一堂，举酒相祝，才突然明白以后的路，全靠自己去闯。对受业师的感激之情，千言万语，都聚集在一杯薄酒之中。宴席上的陈先生变得十分豪爽，喝酒便喝酒，一饮而尽，吃菜就吃菜，吃到临了，酒足饭饱，一个弟子为他搛去一只鸡腿，一个弟子怕他吃得太多，连忙阻止，陈先生笑容可掬，说："没关系，我能吃。"

我永远忘不了陈先生，忘不了那严肃，也忘不了那笑容。陈先生为我制定的学习计划，仍然是我现在工作学习的座右铭。时光如流水，事过境迁，学校的生活，遥远得仿佛是书本上的故事。我常常变得消沉，变得世故，变得急功近利。一生中能遇到好老师是最大的幸福。在消沉世故和急功近利的海洋中，老师的教诲如春风，如时雨，一次次给人鼓舞，给人鞭策，给人无穷的力量。

第四辑

友

范爱农

鲁　迅

在东京的客店里，我们大抵一起来就看报。学生所看的多是《朝日新闻》和《读卖新闻》，专爱打听社会上琐事的就看《二六新闻》。一天早晨，辟头就看见一条从中国来的电报，大概是：

“安徽巡抚恩铭被 Jo Shiki Rin 刺杀，刺客就擒。”

大家一怔之后，便容光焕发地互相告语，并且研究这刺客是谁，汉字是怎样三个字。但只要是绍兴人，又不专看教科书的，却早已明白了。这是徐锡麟，他留学回国之后，在做安徽候补道，办着巡警事务，正合于刺杀巡抚的地位。

大家接着就预测他将被极刑，家族将被连累。不久，秋瑾姑娘在绍兴被杀的消息也传来了，徐锡麟是被挖了心，给恩铭的亲兵炒食净尽。人心很愤怒。有几个人便秘密地开一个会，筹集川资；这时用得着日本浪人了，撕乌贼鱼下酒，慷慨一通之后，他便登程去接徐伯荪的家属去。

照例还有一个同乡会，吊烈士，骂满洲；此后便有人主张打电报到北京，痛斥满政府的无人道。会众即刻分成两派：一派要发电，一派不要发。我是主张发电的，但当我说出之后，即有一种钝滞的声音跟着起来：

"杀的杀掉了，死的死掉了，还发什么屁电报呢。"

这是一个高大身材，长头发，眼球白多黑少的人，看人总像在渺视。他蹲在席子上，我发言大抵就反对；我早觉得奇怪，注意着他的了，到这时才打听别人：说这话的是谁呢，有那么冷？认识的人告诉我说：他叫范爱农，是徐伯荪的学生。

我非常愤怒了，觉得他简直不是人，自己的先生被杀了，连打一个电报还害怕，于是便坚执地主张要发电，同他争起来。结果是主张发电的居多数，他屈服了。其次要推出人来拟电稿。

"何必推举呢？自然是主张发电的人啰——"他说。

我觉得他的话又在针对我，无理倒也并非无理的。但我便主张这一篇悲壮的文章必须深知烈士生平的人做，因为他比别人关系更密切，心里更悲愤，做出来就一定更动人。于是又争起来。结果是他不做，我也不做，不知谁承认做去了；其次是大家走散，只留下一个拟稿的和一两个干事，等候做好之后去拍发。

从此我总觉得这范爱农离奇，而且很可恶。天下可恶的人，当初以为是满人，这时才知道还在其次；第一倒是范爱农。中国不革命则已，要革命，首先就必须将范爱农除去。

然而这意见后来似乎逐渐淡薄，到底忘却了，我们从此也没有再见面。直到革命的前一年，我在故乡做教员，大概是春末时候罢，忽然在熟人的客座上看见了一个人，互相熟视了不过两三秒钟，我们便同时说：

“哦哦，你是范爱农！”

“哦哦，你是鲁迅！”

不知怎地我们便都笑了起来，是互相的嘲笑和悲哀。他眼睛还是那样，然而奇怪，只这几年，头上却有了白发了，但也许本来就有，我先前没有留心到。他穿着很旧的布马褂，破布鞋，显得很寒素。谈起自己的经历来，他说他后来没有了学费，不能再留学，便回来了。回到故乡之后，又受着轻蔑，排斥，迫害，几乎无地可容。现在是躲在乡下，教着几个小学生糊口。但因为有时觉得很气闷，所以也乘了航船进城来。

他又告诉我现在爱喝酒，于是我们便喝酒。从此他每一进城，必定来访我，非常相熟了。我们醉后常谈些愚不可及的疯话，连母亲偶然听到了也发笑。一天我忽而记起在东京开同乡会时的旧事，便问他：

“那一天你专门反对我，而且故意似的，究竟是什么缘故呢？”

“你还不知道？我一向就讨厌你的，——不但我，我们。”

“你那时之前，早知道我是谁么？”

“怎么不知道。我们到横滨，来接的不就是子英和你么？你看不起我们，摇摇头，你自己还记得么？”

我略略一想，记得的，虽然是七八年前的事。那时是子英来约我的，说到横滨去接新来留学的同乡。汽船一到，看见一大堆，大概一共有十多人，一上岸便将行李放到税关上去候查检，关吏在衣箱中翻来翻去，忽然翻出一双绣花的弓鞋来，便放下公事，拿着仔细地看。我很不满，心里想，这些鸟男人，怎么带这东西来呢。自己不注意，那时也许就摇了摇头。检验完毕，在客店小坐之后，即须上火车。不料这一群读书人又在客车上让起坐位来了，甲要乙坐在这位上，乙要丙去坐，揖让未终，火车已开，车身一摇，即刻跌倒了三四个。我那时也很不满，暗地里想：连火车上的坐位，他们也要分出尊卑来……。自己不注意，也许又摇了摇头。然而那群雍容揖让的人物中就有范爱农，却直到这一天才想到。岂但他呢，说起来也惭愧，这一群里，还有后来在安徽战死的陈伯平烈士，被害的马宗汉烈士；被囚在黑狱里，到革命后才见天日而身上永带着匪刑的伤痕的也还有一两人。而我都茫无所知，摇着头将他们一并运上东京了。徐伯荪虽然和他们同船来，却不在这车上，因为他在神户就和他的夫人坐车走了陆路了。

我想我那时摇头大约有两回，他们看见的不知道是那一回。让坐时喧闹，检查时幽静，一定是在税关上的那一回了，试问爱农，果然是的。

“我真不懂你们带这东西做什么？是谁的？”

“还不是我们师母的？”他瞪着他多白的眼。

“到东京就要假装大脚，又何必带这东西呢？”

“谁知道呢？你问她去。”

到冬初，我们的景况更拮据了，然而还喝酒，讲笑话。忽然是武昌起义，接着是绍兴光复。第二天爱农就上城来，戴着农夫常用的毡帽，那笑容是从来没有见过的。

“老迅，我们今天不喝酒了。我要去看看光复的绍兴。我们同去。”

我们便到街上去走了一通，满眼是白旗。然而貌虽如此，内骨子是依旧的，因为还是几个旧乡绅所组织的军政府，什么铁路股东是行政司长，钱店掌柜是军械司长……。这军政府也到底不长久，几个少年一嚷，王金发带兵从杭州进来了，但即使不嚷或者也会来。他进来以后，也就被许多闲汉和新进的革命党所包围，大做王都督。在衙门里的人物，穿布衣来的，不上十天也大概换上皮袍子了，天气还并不冷。

我被摆在师范学校校长的饭碗旁边，王都督给了我校款二百元。爱农做监学，还是那件布袍子，但不大喝酒了，也很少有工夫谈闲天。他办事，兼教书，实在勤快得可以。

“情形还是不行，王金发他们。”一个去年听过我的讲义的少年来访问我，慷慨地说，“我们要办一种报来监督他们。不过发起人要借用先生的名字。还有一个是子英先生，一个是德清先生。为社会，我们知道你决不推却的。”

我答应他了。两天后便看见出报的传单，发起人诚然是三个。五天后便见报，开首便骂军政府和那里面的人员；此后是骂都督，都督的亲戚，同乡，姨太太……。

这样地骂了十多天，就有一种消息传到我的家里来，说都督因为你们诈取了他的钱，还骂他，要派人用手枪来打死你们了。

别人倒还不打紧，第一个着急的是我的母亲，叮嘱我不要再出去。但我还是照常走，并且说明，王金发是不来打死我们的，他虽然绿林大学出身，而杀人却不很轻易。况且我拿的是校款，这一点他还能明白的，不过说说罢了。

果然没有来杀。写信去要经费，又取了二百元。但仿佛有些怒意，同时传令道：再来要，没有了！

不过爱农得到了一种新消息，却使我很为难。原来所谓“诈取”者，并非指学校经费而言，是指另有送给报馆的一笔款。报纸上骂了几天之后，王金发便叫人送去了五百元。于是乎我们的少年们便开起会议来，第一个问题是：收不收？决议曰：收。第二个问题是：收了之后骂不骂？决议曰：骂。理由是：收钱之后，他是股东；股东不好，自然要骂。

我即刻到报馆去问这事的真假。都是真的。略说了几句不该收他钱的话，一个名为会计的便不高兴了，质问我道：

“报馆为什么不收股本？”

“这不是股本……。”

“不是股本是什么？”

我就不再说下去了，这一点世故是早已知道的，倘我再说出连累我们的话来，他就会面斥我太爱惜不值钱的生命，不肯为社会牺牲，或者明天在报上就可以看见我怎样怕死发抖的记载。

然而事情很凑巧，季茀写信来催我往南京了。爱农也很赞成，但颇凄凉，说：

“这里又是那样，住不得。你快去罢……。”

我懂得他无声的话，决计往南京。先到都督府去辞职，自然照准，派来了一个拖鼻涕的接收员，我交出账目和余款一角又两铜元，不是校长了。后任是孔教会会长傅力臣。

报馆案是我到南京后两三个星期了结的，被一群兵们捣毁。子英在乡下，没有事；德清适值在城里，大腿上被刺了一尖刀。他大怒了。自然，这是很有些痛的，怪他不得。他大怒之后，脱下衣服，照了一张照片，以显示一寸来宽的刀伤，并且做一篇文章叙述情形，向各处分送，宣传军政府的横暴。我想，这种照片现在是大约未必还有人收藏着了，尺寸太小，刀伤缩小到几乎等于无，如果不加说明，看见的人一定以为是带些疯气的风流人物的裸体照片，倘遇见孙传芳大帅，还怕要被禁止的。

我从南京移到北京的时候，爱农的学监也被孔教会会长的校长设法去掉了。他又成了革命前的爱农。我想为他在北京寻一点小事做，这是他非常希望的，然而没有机会。他后来便到一个熟人的家里去寄食，也时时给我信，景况愈困穷，言辞也愈凄苦。终于又非走出这熟人的家不可，便在各处飘浮。不久，忽然从同乡那里得到一个消息，说他已经掉在水里，淹死了。

我疑心他是自杀。因为他是浮水的好手，不容易淹死的。

夜间独坐在会馆里，十分悲凉，又疑心这消息并不确，但无端又觉得这是极其可靠的，虽然并无证据。一点法子都没有，只做了四首诗，后来曾在一种日报上发表，现在是将要忘记完了。只记得一首里的六句，起首四句是："把酒论天下，先生小酒人。大圜犹酩酊，微醉合沉沦。"中间忘掉两句，末了是："旧朋云散尽，余亦等轻尘。"

后来我回故乡去，才知道一些较为详细的事。爱农先是什么事也没得做，因为大家讨厌他。他很困难，但还喝酒，是朋友请他的。他已经很少和人们来往，常见的只剩下几个后来认识的较为年青的人了，然而他们似乎也不愿意多听他的牢骚，以为不如讲笑话有趣。

“也许明天就收到一个电报，拆开来一看，是鲁迅来叫我的。”他时常这样说。

一天，几个新的朋友约他坐船去看戏，回来已过夜半，又是大风雨，他醉着，却偏要到船舷上去小解。大家劝阻他，也不听，自己说是不会掉下去的。但他掉下去了，虽然能浮水，却从此不起来。

第二天打捞尸体，是在菱荡里找到的，直立着。

我至今不明白他究竟是失足还是自杀。

他死后一无所有，遗下一个幼女和他的夫人。有几个人想集一点钱作他女孩将来的学费的基金，因为一经提议，即有族人来争这笔款的保管权，——其实还没有这笔款，——大家觉得无聊，便无形消散了。

现在不知他唯一的女儿景况如何？倘在上学，中学已该毕业了罢。

十一月十八日

我所见的叶圣陶

朱自清

我第一次与圣陶见面是在民国十年的秋天。那时刘延陵兄介绍我到吴淞炮台湾中国公学教书。到了那边，他就和我说：“叶圣陶也在这儿。”我们都念过圣陶的小说，所以他这样告我。我好奇地问道：“怎样一个人？”出乎我的意外，他回答我：“一位老先生哩。”但是延陵和我去访问圣陶的时候，我觉得他的年纪并不老，只那朴实的服色和沉默的风度与我们平日所想像的苏州少年文人叶圣陶不甚符合罢了。

记得见面的那一天是一个阴天。我见了生人照例说不出话，圣陶似乎也如此。我们只谈了几句关于作品的泛泛的意见，便告辞了。延陵告诉我每星期六圣陶总回甪直去；他很爱他的家。他在校时常邀延陵出去散步；我因与他不熟，只独自坐在屋里。不久，中国公学忽然起了风潮。我向延陵说起一个强硬的办法——实在是一个笨而无聊的办法——我说只怕叶圣陶未必赞成。但是出乎我的意外，他居然赞成了！后来细想他许是有意优容我们吧，这真是老大哥的态度呢。我们的办法天然是失败了，风潮延宕下去，于是大家都住到上海来。我和圣陶差不多天天见面，同时又认识了西谛、予同诸兄。这样经过了一个月，这一个月实在是我的很好的日子。

我看出圣陶始终是个寡言的人。大家聚谈的时候，他总是坐在那里听着。他却并不是喜欢孤独，他似乎老是那么有味地听着。至于与人独对的时候，自然多少要说些话；但辩论是不来的。他觉得辩论要开始了，往往微笑着说："这个弄不大清楚了。"这样就过去了。他又是个极和易的人，轻易看不见他的怒色。他辛辛苦苦保存着的《晨报》副张，上面有他自己的文字的，特地从家里捎来给我看；让我随便放在一个书架上，给散失了。当他和我同时发见这件事时，他只略露惋惜的颜色，随即说："由它去末哉，由它去末哉！"我是至今惭愧着，因为我知道他作文是不留稿的。他的和易出于天性，并非阅历世故，矫揉造作而成。他对于世间妥协的精神是极厌恨的。在这一月中，我看见他发过一次怒——始终我只看见他发过这一次怒——那便是对于风潮的妥协论者的蔑视。

风潮结束了，我到杭州教书。那边学校当局要我约圣陶去。圣陶来信说："我们要痛痛快快游西湖，不管这是冬天。"他来了，教我上车站去接。我知道他到了车站这一类地方，是会觉得寂寞的。他的家实在太好了，他的衣着，一向都是家里管。我常想，他好像一个小孩子；像小孩子的天真，也像小孩子的离不开家里人。必须离开家里人时，他也得找些熟朋友伴着；孤独在他简直是有些可怕的。所以他到校时，本来是独住一屋的，却愿意将那间屋做我们两人的卧室，而将我那间做书室，这样可以常常相伴，我自然也乐意。我们不时到西湖边去，有时下湖，有时只喝喝酒。在校时各据一桌，我只预备功课，他却老是写小说和童话。初到时，学校当局来看过他。第二天，我问他："要不要去看看他们？"他皱眉道："一定要去么？等一天吧。"后来始终没有去。他是最反对形式主义的。

那时他小说的材料，是旧日的储积；童话的材料有时却是片刻的感兴。如《稻草人》中《大喉咙》一篇便是。那天早上，我们都醒在床上，听见工厂的汽笛，他便说："今天又有一篇了，我已经想好了，来的真快呵。"那篇的艺术很巧，谁想他只是片刻的构思呢！他写文字时，往往拈笔伸纸，便手不停挥地写下去；开始及中间，停笔踌躇时绝少。他的稿子极清楚，每页至多只有三五个涂改的字。他说他从来是这样的。每篇写毕，我自然先睹为快；他往往称述结尾的适宜，他说对于结尾是有些把握的。看完，他立即封寄《小说月报》；照例用平信寄。我总劝他挂号；但他说："我老是这样的。"他在杭州不过两个月，写的真不少，教人羡慕不已。《火灾》里从《饭》起到《风潮》这七篇，还有《稻草人》中一部分，都是那时我亲眼看他写的。

在杭州待了两个月，放寒假前，他便匆匆地回去了；他实在离不开家，临去时让我告诉学校当局，无论如何不回来了。但他却到北平住了半年，也是朋友拉去的。我前些日子偶翻民国十一年的《晨报副刊》，看见他那时途中思家的小诗，重念了两遍，觉得怪有意思。北平回去不久，便入了商务印书馆编译部，家也搬到上海。从此在上海待下去，直到现在——中间又被朋友拉到福州一次，有一篇《将离》抒写那回的别恨，是缠绵悱恻的文字。这些日子，我在浙江乱跑，有时到上海小住，他常请了假和我各处玩儿或喝酒。有一回，我便住在他家，但我到上海，总爱出门，因此他老说没有能畅谈；他写信给我，老说这回来要畅谈几天才行。

民国十六年一月，我接眷北来，路过上海，许多熟朋友和我饯行，圣陶也在。那晚我们痛快地喝酒，发议论；他是照例地默着。酒喝完了，又去乱走，他也跟着。到了一处，朋友们和他开了个小玩笑；他脸上略露窘意，但仍微笑地默着。圣陶不是个浪漫的人，在一种意义上，他正是延陵所说的“老先生”。但他能了解别人，能谅解别人，他自己也能“作达”，所以仍然——也许格外——是可亲的。那晚快夜半了，走过爱多亚路，他向我诵周美成的词：“酒已都醒，如何消夜永！”我没有说什么；那时的心情，大约也不能说什么的。我们到一品香又消磨了半夜。这一回特别对不起圣陶；他是不能少睡觉的人。他家虽住在上海，而起居还依着乡居的日子：早七点起，晚九点睡。有一回我九点十分去，他家已熄了灯，关好门了。这种自然的，有秩序的生活是对的。那晚上伯祥说：“圣兄明天要不舒服了。”想起来真是不知要怎样感谢才好。

第二天我便上船走了，一眨眼三年半，没有上南方去。信也很少，却全是我的懒。我只能从圣陶的小说里看出他心境的迁变；这个我要留在另一文中说。圣陶这几年里似乎到十字街头走过一趟，但现在怎么样呢？我却不甚了然。他从前晚饭时总喝点酒，“以半醺为度”；近来不大能喝酒了，却学了吹笛——前些日子说已会一出《八阳》，现在该又会了别的了吧？他本来喜欢看看电影，现在又喜欢听听昆曲了。但这些都不是“厌世”，如或人所说的；圣陶是不会厌世的，我知道。又，他虽会喝酒，加上吹笛，却不曾抽什么“上等的纸烟”，也不曾住过什么“小小别墅”，如或人所想的，这个我也知道。

忆谢六逸兄

茅　盾

两年前，胜利的鞭炮放过以后，紧接着就听到了一些不好的消息，而其中之一便是谢六逸兄在贵阳病故。他没有听到“胜利的鞭炮”，但不知为什么，他逝世的消息传到重庆却已在“胜利”以后。那时我住在乡下，离重庆水路三十华里，长江边的小村，有人戏尊称之曰“中国海军根据地”的唐家沱。

这是个烦嚣而又寂寞的怪地方。烦嚣——因为这小村的官名是“唐家沱新村”或“唐家沱疏建区”，坐落在江北县境内却又直隶于重庆市管辖，它的若干泥路不但拥有“民生”、“民权”(好像并无“民主”)、“建国”、“复兴”乃至“四维”、“五权”等等美名，而且还有全国业已沦陷的各大都市的名号，它的地方的权力者不但有本地的“大爷”，也有外来的“阿拉同乡”，而且既然荣膺了“中国海军根据地”的头衔，当然不会没有“海军”，停泊在“沱”面的几条小军舰不但使这小小的“疏建区”常常出现水兵，也使得这小小的“疏建区”的南京路上出现了福建人开设的茶馆、杂货店和理发铺。真是十足的五方杂居。如果不嫌夸大，那么，耸立在江边的“亚细亚火油厂”内虽然已无滴油，却还有洋人和洋婆子，也够备“华洋杂处”的一格。

然而这样一个具备了大都市雏形的“疏建区”，却又是异常寂寞的。这不仅是我这被人家看来十二分“不近人情”的文化人有此感觉，只看当地的其他公民（包括公教人员），整日整夜只好以麻将为唯一的消遣，也就可想而知了。

在这样一个地方，而又当听过了“胜利鞭炮”忽然听出其声空虚的时候，六逸兄逝世的噩耗不但使我悲哀使我怀旧，确也引起了我的无法排遣的怅惘与寂寞。

而且我又记起最后一次和六逸遇见，匆匆数十分钟的谈话，留在我记忆中永远那么浓而至今亦未见褪色的，是这样一个感想：六逸老了，六逸衰且惫了，六逸心境空虚而且寂寞。那次的遇见是在贵阳，太平洋战争的第二年，这小小的山城正喧嚣着各式各样争名逐利的风云人物的声浪。这是六逸的家乡，抗战以后，六逸在这山城的故乡一连住了七个年头了，那时他兼着五六种职务——教书，坐办公桌，每天排定的时间那么紧，几乎连吃饭抽烟的悠闲也被剥夺了；他够忙，然而他的心境空虚而且寂寞。

那时我忽然有了这一个感想：贵阳如果可算是缩小的中国，那么，唐家沱倒像是缩小的贵阳。于是对于六逸的空虚寂寞的心境，我自以为能够了解了，——虽然和他最后遇见那一次我正从桂林去重庆，我还不知道距重庆三十华里的长江边上有一个唐家沱，更不用说它之有如贵阳的缩影了。

第一次和六逸见面，少说也有二十年了，日子记不真，总而言之也是夏天，他从日本回到了上海。地点大概是在郑振铎兄的寓所，那时铎兄还没有结婚，他和另外几个朋友同租了一所比较宽大而不是弄堂房子式的小洋房，一进门便有一种上等公寓的感觉。六逸从日本来了，便不打算回去，铎兄却正在设法留他在上海住下。在这一类事上，振铎兄的组织天才向来是朋辈所钦佩的，六逸留下来了，而且一住十多年，直到抗战为止。这十多年中，六逸在商务印书馆编译所中作过“无名英雄”，也教过书，编过刊物，最后几年则在复旦大学。当他还在“商务”的时候，我们见面的机会多，我们给他上个尊号：“贵州督军”。尊号何以必称“督军”，但凡见过六逸而领略到他那沉着庄严的仪表的，总该可以索解；至于“督军”而必曰“贵州”，一则因为他是贵州人，二则我们认为六逸倘回家乡去，还不是数一数二的人物，“至少该当个把督军”。那时谁也料不到，十年后这位“督军”被日本侵略的炮火逼回了家乡，一住七年，却弄得几乎穷无立锥之地！

在上海最后一次和六逸见面（也许这不是事实上的最后一次，但在我记忆中印象最深的，这是最后一次），是在“七七”的上年，《国民周报》发刊的时候。也许现在很少人记得这刊物了，但在那时的低气压中，这“无奇不有”的刊物是适应了时代的需要的。应当记得，这刊物之出现，正在《新生》《永生》连续被禁，爱国有罪的时期，以广泛的读者阶层为对象的进步的综合性的刊物，在当时成为迫切的需要。但主编的人物颇难其选，于是在这一类事上常常表现出其卓特的组织天才的又一朋友——胡愈之兄，把沉着持重的“贵州督军”拉出来了。那一个可纪念的晚上，大概是在饭店弄堂的一家小馆子，用“无奇不有”这四个字来形象了这刊物的以“广泛读者阶层”为争取对象的，是六逸兄的隽语。那时叫了几样下酒的菜，其中一样是“海瓜子”，也是六逸点的；这使我想起了他的太太是宁波人，也曾经是他当了多年的教务主任的神州女校的学生。

后来是“七七”、“八一三”、淞沪战争、上海弃守，一连串的大事，朋友们纷纷走内地，六逸也带了他颇大的一家人取道香港回老家去了。他在香港换船那一天，我也刚刚从上海到了香港。离家二十年的游子却在这烽火漫天的时期，和太太以及大群儿女回到了家乡，该有点说不出的甜酸苦辣罢？但是那时的六逸兄和所有往内地去的朋友们一样抱着一种“理想”，——也许只能说是“憧憬”，不问怎的，精神上总是昂扬的，这和七年以后，敌骑直陷独山，贵阳大恐慌，拖着一家人又不得不想到如何逃难的六逸的心境，该是如何的不同啊。而特别是：在故乡一住七年的六逸只饱尝了空虚和寂寞。

太平洋战争之第二年，我从桂林赴重庆，路过贵阳，寓“贵阳招待所”。预计在贵阳有三四天的逗留，我便计划着找几位多年不见面的朋友谈谈。第一位我就找了六逸。我知道他那时担任了文通书局的总编辑，便到“文通”去看他，哪知扑了一场空，只好留下名片和地址。从“文通”那边，我才知六逸兼职五六个之多，每天奔跑于马路上的时间少说也有三个小时。于是我就想到六逸的经济情形不见得好。六逸的个性我知道一点，他不大喜欢多兜揽；如果不是为了增加收入，他不会兼职如此之多的。那天下午，六逸到“招待所”来看我了。乍一见面，我就觉得这位老朋友“搁浅”在贵阳的六七年间实在弄得身心交疲了。丰腴尚如旧日，然而眉宇之间那股消沉抑悒之态却不时流露于不知不觉。略谈了从桂林到贵阳的路上情形以后，他有意无意地说道：

“刚才进来的时候，宪兵盘查的很认真呢！”

“想来这是例行公事。”我不经意地回答，“因为这是贵阳独一无二的贵族化的旅馆。”

“不然。一向没有宪兵。”口气表示了他很注意这一点小事。

于是我也记了起来：是有一名或两名宪兵经常徘徊于“招待所”的“新楼”的进出口，——“招待所”的房屋有新旧两部，“新楼”是完全西式的，最贵族化的房间，我就住“新楼”；但同时我也悟到何以加了宪兵的原因：

“招待所新楼里还有几位贵宾，广东省的军政大员，宪兵大概是保护他们的。”

六逸笑了，第一次用轻松而幽默的口气说：“哦，这就差不多了，可是刚才我还以为是来‘保护’你的呢！”

“从金城江上车后，当真发现了有人在‘保护’我，不过那是不穿制服的。”我也笑着回答。

渐渐谈到了几年来各人的生活；六逸对于我的动荡多变，东南西北的生活似乎有点兴趣，却叹了口气说他自己道：“在贵阳一住七年，寂寞得很，可是也没法子动呀，孩子们又多又年纪小。”突然他提出一个问题：

“你看还有几年？”

“几年么？”我知道他问的是战事，“总该快了。”

“两三年还可以拖拖，再多真有点吃不消了。”他的口气很认真而且充满了忧虑。

“各人的看法不同。譬如住在上海的人估量起来‘天快亮了’，而我们在桂林的则以为这时还刚刚过了半夜，甚至于是刚刚到了半夜而已。我也是往长处看的。”

六逸叹了口气，不作声；可是我知道他也是“往长处看的”，正惟其他觉得抗战不是三五年所能了结，而物价却天天高涨，所以他有拖不下去的忧惧。

“如果仗打完了，你回不回上海？”我改变了话题。

“当然回上海！”

他这样坚决肯定的回答使我惊异。但是我立刻了解了：他虽然是贵阳人，但他在贵阳无异是作客，——不，有些外乡人却比他更能适应环境。

初回贵阳的时候，六逸本有一番抱负。他并无空想，而且他在战前几乎拿定主意要老死于上海，足证他对于他的故乡了解得如何深刻，而在不得不回故乡以后终于又有一些抱负，则因他觉得到底是在抗战了，抗战应当使最顽强的冰原也起些变化。变化也终于发生了，但却是不利于真正想为国家民族——小而言之为故乡做点事的人。于是六逸不能不碰壁，不能不受猜疑，尚幸他是贵阳人，所以还能在几个学校里兼几点钟课，实是靠卖命养活了一家人。

在贵阳那一次的会见，遂成永诀，是我当时所万万想不到的。我那时觉得贵阳那种喧嚣而又寂寞的环境会把六逸闷死，便劝他迁地为良；但是我这也是白说。拖了一大堆孩子，赚一天吃一天的人，在那抗战时代，要迁地，真是谈何容易！

当六逸的不幸消息传到重庆以后，很多朋友以为他是工作太重而死了的，我却觉得工作太重只是一因，但还不是主因；厌恶那环境，又不能脱离那环境，柴米油盐之外，还有莫名其妙怄气的事天天来打扰，这样抑悒愁烦的心境才是损害他健康的最主要的原因。六逸不是喜欢自我表现的人，他不谈个人的私事，然而我的猜度敢说是绝对正确的。

六逸在上海的时候除了教书只有一样嗜好——日本古代文学。不幸而生当这翻天覆地的大时代，当一名教授养不活家，于是不得不兼职，不得不花时间精力于粉笔、黑板、办公桌，不幸而他又“书呆气”太重，在贵阳那样一个投机活跃的市场他却在喊生活无路，当他的学生们有好多已经飞黄腾达而他却有所不为，——这就是他“活该”抑悒以死的全部“罪状”！

如果六逸活到今天，大概他仍然不能展颜一笑的，而他的研究日本古代文学的志愿大概也仍然为了衣食奔忙而不能达到。那么，说一句无可奈何的话，死也是安息罢？但贵阳一夕之谈，如犹在耳，我不能不为六逸愤慨。值兹两周年纪念，聊记梗概以志永念。至于他对于文学上的贡献将来有机会再为论列罢。

怀念曹禺

巴　金

一

家宝逝世后，我给李玉茹、万方发了个电报："请不要悲痛，家宝并没有去，他永远活在观众和读者的心中！"话很平常，不能表达我的痛苦，我想多说一点，可颤抖的手捏不住小小的笔，许许多多的话和着眼泪咽进了肚里。

躺在病床上，我经常想起家宝。六十几年的往事历历在目。

北平三座门大街十四号南屋，故事是从这里开始的。靳以把家宝的一部稿子交给我看，那时家宝还是清华大学的一个学生。在南屋客厅旁那间用蓝纸糊壁的阴暗小屋里，我一口气读完了数百页的原稿。一幕人生的大悲剧在我面前展开，我被深深地震动了！就像从前看托尔斯泰的小说《复活》一样，剧本抓住了我的灵魂，我为它落了泪。我曾这样描述过我当时的心情："不错，我流过泪，但是落泪之后我感到一阵舒畅，而且我还感到一种渴望，一种力量在身内产生了，我想做一件事情，一件帮助人的事情，我想找个机会不自私地献出我的精力。《雷雨》是这样地感动过我。”然而，这却是我从靳以手里接过《雷雨》手稿时所未曾想到的。我由衷佩服家宝，他有大的才华，我马上把我的看法告诉靳以，让他分享我的喜悦。《文学季刊》破例一期全文刊载了《雷雨》，引起广大读者的注意。第二年，我旅居日本，在东京看了由中国留学生演出的《雷雨》，那时候，《雷雨》已经轰动，国内也有剧团把它搬上舞台。我连着看了三天戏，我为家宝高兴。

一九三六年靳以在上海创办《文季月刊》，家宝在上面连载四幕剧《日出》，同样引起轰动。一九三七年靳以又创办《文丛》，家宝发表了《原野》。我和家宝一起在上海看了《原野》的演出，这时，抗战爆发了。家宝在南京教书，我在上海搞文化生活出版社，这以后，我们失去了联系。但是我仍然有机会把他的一本本新作编入《文学丛刊》介绍给读者。

一九四〇年，我从上海到昆明，知道家宝的学校已经迁至江安，我可以去看他了。我在江安待了六天，住在家宝家的小楼里。那地方真清静，晚上七点后街上就一片黑暗。我常常和家宝一起聊天，我们隔了一张写字台对面坐着，谈了许多事情，交出了彼此的心。那时他处在创作旺盛时期，接连写出了《蜕变》《北京人》，我们谈起正在上海上演的《家》（由吴天改编、上海剧艺社演出），他表示他也想改编。我鼓励他试一试。他有他的“家”，他有他个人的情感，他完全可以写一部他的《家》。一九四二年，在泊在重庆附近的一条江轮上，家宝开始写他的《家》。整整一个夏天，他写出了他所有的爱和痛苦。那些充满激情的优美的台词，是从他心底深处流淌出来的，那里面有他的爱，有他的恨，有他的眼泪，有他的灵魂的呼号。他为自己的真实感情奋斗。我在桂林读完他的手稿，不能不赞叹他的才华，他是一位真正的艺术家！我当时就想写封信给他，希望他把心灵中的宝贝都掏出来，可这封信一拖就是很多年，直到一九七八年，我才把我心里想说的话告诉他。但这时他已经满身创伤，我也伤痕遍体了。

二

一九六六年夏天，我们参加了亚非作家北京紧急会议。那时“文革”已经爆发。一连两个多月，我和家宝在一起工作，我们去唐山，去武汉，去杭州，最后大会在上海闭幕。送走了外宾，我们的心情并没有轻松，家宝马上要回北京参加运动，我也得回机关学习，我们都不清楚等待我们的将是什么。分手时，两人心里都有很多话，可是却没有机会说出来。这之后不久，我们便都进了“牛棚”。等到我们再见面，已是二十年后了。我失去了萧珊，他失去了方瑞，两个多么善良的人！

在难熬的痛苦的长夜，我也想念过家宝，不知他怎么捱过这段艰难的日子。听说他靠安眠药度日，我很为他担心。我们终于还是挺过来了。相见时没有大悲大喜，几句简简单单的话说尽了千言万语。我们都想向前看，甚至来不及抚平身上的伤痕，就急着要把失去的时间追回来。我有不少东西准备写，他也有许多创作计划。当时他已完成了《王昭君》，我希望他把《桥》写完。《桥》是他在抗战胜利前不久写的，只写了两幕，后来他去美国讲学就搁下了。他也打算续写《桥》，以后几次来上海收集材料。那段时间，我们谈得很多。他时常抱怨，不能做自己想做的事情。我劝他少些顾虑，少开会，少写表态文章，多给后人留一点东西。我至今怀念那些日子：我们两人一起游豫园，走累了便在湖心亭喝茶，到老饭店吃“糟钵头”；我们在北京逛东风市场，买几根棒冰，边走边吃，随心所欲地闲聊。那时我们头上还没有这么多头衔，身边也少有干扰，脚步似乎还算轻松，我们总以为我们还能做许多事情，那感觉就好像是又回到了三〇年代北平三座门大街。

但是，我们毕竟老了。被损坏的机体不可能再回复到原貌。眼看着精力一点一点从我们身上消失，病魔又缠住了我们，笔在我们手里一天天重起来，那些美好的计划越来越遥远，最终成了不可触摸的梦。我住进了医院，不久，家宝也离不开医院了。起初我们还有机会住在同一家医院，每天一起在走廊上散步，在病房里倾谈往事。我说话有气无力，他耳朵更加聋了，我用力大声说，他还是听不明白，结果常常是各说各的。但就是这样，我们仍然了解彼此的心。

我的身体越来越差，他的病情也加重了。我去不了北京，他无法来上海，见面成了奢望，我们只能靠通信互相问好。一九九三年，一些热心的朋友想创造条件让我们在杭州会面，我期待着这次聚会，结果因医生不同意，家宝没能成行。这年的中秋之夜，我在杭州和他通了电话，我清清楚楚地听到他的声音，还是那么响亮，中气十足。我说：“我们共有一个月亮。”他说：“我们共吃一个月饼。”这是我最后一次听到他的声音。

三

我和家宝都在与疾病斗争。我相信我们还有时间。家宝小我六岁，他会活得比我长久。我太自信了。我心里的一些话，本来都可以讲，他不能到杭州，我可以争取去北京，可以和他见一面，和他话别。

消息来得太突然，一屋子严肃的面容，让我透不过气。我无法思索，无法开口，大家说了很多安慰的话，可我脑子里却是一片空白。我不能接受这个事实，前些天北京来的友人还告诉我，家宝健康有好转，他写了发言稿，准备出席六届文代会的开幕式。仅仅只过了几天！李玉茹在电话里说，家宝走得很安详，是在睡梦中平静地离去的。那么他是真的走了。

十多年前家宝在给我的一封信中，写了这样的话："我要死在你的前面，让痛苦留给你……"我想，他把痛苦留给了他的朋友，留给了所有爱他的人，带走了他心灵中的宝贝，他真能走得那么安详吗？

吊刘叔和

徐志摩

一向我的书桌上是不放相片的。这一月来有了两张，正对我的坐位，每晚更深时就只他们俩看着我写，伴着我想。院子里偶尔听着一声清脆，有时是虫，有时是风卷败叶，有时我想象是我们亲爱的故世人从坟墓的那一边吹过来的消息。伴着我的一个是小，一个是“老”：小的就是我那三月间死在柏林的彼得，老的是我们钟爱的刘叔和，“老老”。彼得坐在他的小皮椅上，抿紧着他的小口，圆睁着一双秀眼，仿佛性急要妈拿糖给他吃，多活灵的神情！但在他右肩空白上分明题着这几行小字：“我的小彼得，你在时我没福见你，但你这可爱的遗影应该可以伴我终身了。”老老是新长上几根看得见的上唇须在他那件常穿的缎褂里欠身坐着，严正在他的眼内，和蔼在他的口颔间。

让我来看。有一天我邀他吃饭，他来电说病了不能来，顺便在电话中他说起我的彼得。（在襁褓时的彼得，叔和在柏林也曾见过。）他说我那篇悼儿文做得不坏；有人素来看不起我的笔墨的，他说，这回也相当的赞许了。我此时还分明记得他那天通电时着了寒发沙的嗓音！我当时回他说多谢你们夸奖，但我却觉得凄惨因为我同时不能忘记那篇文字的代价，是我自己的爱儿。过了几天适之来说“老老病了，并且他那病相不好，方才我去看他，他说适之我的日子已经是可数的了”。他那时住在皮宗石家里。我最后见他的一次，他已在医院里。他那神色真是不好，我出来就对人讲，他的病中医叫做湿瘟，并且我分明认得它，他那眼内的钝光，面上的涩色，一年前我那表兄沈叔薇弥留时我曾经见过——可怕的认识，这侵蚀生命的病征。可怜少鳏的老老，这时候病榻前竟没有温存的看护；我与他说笑：“至少在病苦中有妻子毕竟强似没妻子，老老，你不懊丧续弦不及早吗？”那天我喂了他一餐，他实在是动弹不得；但我向他道别的时候，我真为他那无告的情形不忍。（在客地的单身朋友们，这是一个切题的教训，快些成家，不要过于挑剔了吧：你放平在病榻上时才知道没有妻子的悲惨！——到那时，比如叔和，可就太晚了。）

叔和没了。但为你，叔和，我却不曾掉泪。这年头也不知怎的，笑自难得，哭也不得容易。你的死当然是我们的悲痛，但转念这世上惨淡的生活其实是无可沾恋，趁早隐了去，谁说一定不是可羡慕的幸运？况且近年来我已经见惯了死，我再也不觉着它的可怕。可怕是这烦嚣的尘世：蛇蝎在我们的脚下，鬼祟在市街上，霹雳在我们的头顶，噩梦在我们的周遭。在这伟大的迷阵中，最难得的是遗忘；只有在简短的遗忘时我们才有机会恢复呼吸的自由与心神的愉快。谁说死不就是个悠久的遗忘的境界？谁说墓窟不就是真解放的进门？

但是随你怎样看法，这生死间的隔绝，终究是个无可奈何的事实，死去的不能复活，活着的不能到坟墓的那一边去探望。到绝海里去探险我们得合伙，在大漠里游行我们得结伴；我们到世上来做人，归根说，还不只是惴惴的来寻访几个可以共患难的朋友，这人生有时比绝海更凶险，比大漠更荒凉，要不是这点子友谊的同情我第一个就不敢向前迈步了。叔和真是我们的一个。他的性情是不可信的温和，"顶好说话的老老"；但他每当论事，却又绝对的不苟同，他的议论，在他起劲时，就比如山壑间雨后的乱泉，石块压不住它，蔓草掩不住它。谁不记得他那永远带伤风的嗓音，他那永远不平衡的肩背，他那怪样的激昂的神情？通伯在他那篇《刘叔和》里说起当初在海外老老与傅孟真的豪辩，有时竟连"呐呐不多言"的他，也"免不了加入他们的战队"。这三位衣常敝，履无不穿的"大贤"在伦敦东南隅的陋巷，点煤气油灯的斗室里，真不知有多少次借光柏拉图与卢骚与斯宾塞的迷力，欺骗他们告空虚的肠胃——至少在这一点他们三位是一致同意的！但通伯却忘了告诉我们他自己每回加入战团时的特别情态，我想我应得替他补白。我方才用乱泉比老老，但我应得说他是一窜野火，焰头是斜着去的；傅孟真，不用说，更是一窜野火，更猖獗，焰头是斜着来的；这一去一来就发生了不得开交的冲突。在他们最不得开交时劈头下去了一瓢冷水，两窜野火都吃了惊，暂时翳了回去。那一瓢冷水就是通伯；他是出名浇冷水的圣手。

啊，那些过去的日子！枕上的梦痕，秋雾里的远山。我此时又想起初渡太平洋与大西洋时的情景了。我与叔和同船到美国，那时还不熟；后来同在纽约一年差不多每天会面的，但最不可忘的是我与他同渡大西洋的日子。那时我正迷上尼采开口就是那一套沾血腥的字句。

我仿佛跟着查拉图斯脱拉登上了哲理的山峰，高空清气在我的肺里，杂色的人生横亘在我的眼下。船过必司该海湾的那天，天时骤然起了变化：岩片似的黑云一层层累叠在船的头顶，不漏一丝天光，海也整个翻了，这里一座高山，那边一个深谷，上腾的浪尖与下垂的云爪相互的纠拿着；风是从船的侧面来的，夹着铁梗似粗的暴雨，船身左右侧的倾欹着。这时候我与叔和在水发的甲板上往来的走——那里是走，简直是滚，多强烈的震动！霎时间雷电也来了，铁青的云板里飞舞着万道金蛇。涛响与雷声震成了一片喧阗，大西洋险恶的威严在这风暴中尽情的披露了“人生”，我当时指给叔和说，“有时还不止这凶险，我们有胆量进去吗？”那天的情景益发激动了我们的谈兴，从风起直到风定，从下午直到深夜，我分明记得，我们俩在沉酣的论辩中遗忘了一切。

今天国内的状况不又是一幅大西洋的天变？我们有胆量进去吗？难得是少数能共患难的旅伴；叔和，你是我们的一个，如何你等不得浪静就与我们永别了？叔和，说他的体气，早就是一个弱者；但如其一个不坚强的体壳可以包容一团坚强的精神，叔和就是一个例。叔和生前没有仇人，他不能有仇人；但他自有他不能容忍的对象：他恨混淆的思想，他恨腌臜的人事。他不轻易斗争；但等他认定了对敌出手时，他是最后回头的一个。叔和，我今天又上了风雨中的甲板，我不能不悼惜我侣伴的空位！

十月十五日

悼志摩

林徽因

十一月十九日我们的好朋友，许多人都爱戴的新诗人，徐志摩突兀的，不可信的，惨酷的，在飞机上遇险而死去。这消息在二十日的早上像一根针刺猛触到许多朋友的心上，顿使那一早的天墨一般地昏黑，哀恸的咽哽锁住每一个人的嗓子。

志摩……死……谁曾将这两个句子联在一处想过！他是那样活泼的一个人，那样刚刚站在壮年的顶峰上的一个人。朋友们常常惊讶他的活动，他那像小孩般的精神和认真，谁又会想到他死？

突然的，他闯出我们这共同的世界，沉入永远的静寂，不给我们一点预告，一点准备，或是一个最后希望的余地。这种几乎近于忍心的决绝，那一天不知震麻了多少朋友的心？现在那不能否认的事实，仍然无情地挡住我们前面。任凭我们多苦楚的哀悼他的惨死，多迫切的希冀能够仍然接触到他原来的音容，事实是不会为体贴我们这悲念而有些许更改；而他也再不会为不忍我们这伤悼而有些许活动的可能！这难堪的永远静寂和消沉便是死的最残酷处。

我们不迷信的，没有宗教的望着这死的帏幕，更是丝毫没有把握。张开口我们不会呼吁，闭上眼不会入梦，徘徊在理智和情感的边沿，我们不能预期后会，对这死，我们只是永远发怔，吞咽枯涩的泪，待时间来剥削这哀恸的尖锐，痂结我们每次悲悼的创伤。那一天下午初得到消息的许多朋友不是全跑到胡适之先生家里么？但是除却拭泪相对，默然围坐外，谁也没有主意，谁也不知有什么话说，对这死！

谁也没有主意，谁也没有话说！事实不容我们安插任何的希望，情感不容我们不伤悼这突兀的不幸，理智又不容我们有超自然的幻想！默然相对，默然围坐……而志摩则仍是死去没有回头，没有音讯，永远地不会回头，永远地不会再有音讯。

我们中间没有绝对信命运之说的，但是对着这不测的人生，谁不感到惊异，对着那许多事实的痕迹又如何不感到人力的脆弱，智慧的有限。世事尽有定数？世事尽是偶然？对这永远的疑问我们什么时候能有完全的把握？

在我们前边展开的只是一堆坚质的事实：

“是的，他十九晨有电报来给我……

“十九早晨，是的！说下午三点准到南苑，派车接……

“电报是九时从南京飞机场发出的……

“刚是他开始飞行以后所发……

“派车接去了，等到四点半……说飞机没有到……

“没有到……航空公司说济南有雾……很大……”只是一个钟头的差别；下午三时到南苑，济南有雾！谁相信就是这一个钟头中便可以有这么不同事实的发生，志摩，我的朋友！

他离平的前一晚我仍见到，那时候他还不知道他次晨南旅的，飞机改期过三次，他曾说如果再改下去，他便不走了的。我和他同由一个茶会出来，在总布胡同口分手。在这茶会里我们请的是为太平洋会议来的一个柏雷博士，因为他是志摩生平最爱慕的女作家曼殊斐儿的姊丈，志摩十分的殷勤；希望可以再从柏雷口中得些关于曼殊斐儿早年的影子，只因限于时间，我们茶后匆匆地便散了。晚上我有约会出去了，回来时很晚，听差说他又来过，适遇我们夫妇刚走，他自己坐了一会儿，喝了一壶茶，在桌上写了些字便走了。我到桌上一看：——

“定明早六时飞行，此去存亡不卜……”我怔住了，心中一阵不痛快，却忙给他一个电话。

“你放心，”他说，“很稳当的，我还要留着生命看更伟大的事迹呢，哪能便死？……”

话虽是这样说，他却是已经死了整两周了！

凡是志摩的朋友，我相信全懂得，死去他这样一个朋友是怎么一回事！

现在这事实一天比一天更结实，更固定，更不容否认。志摩是死了，这个简单惨酷的实际早又添上时间的色彩，一周，两周，一直的增长下去……

我不该在这里语无伦次的尽管呻吟我们做朋友的悲哀情绪。归根说，读者抱着我们文字看，也就是像志摩的请柏雷一样，要从我们口里再听到关于志摩的一些事。这个我明白，只怕我不能使你们满意，因为关于他的事，动听的，使青年人知道这里有个不可多得的人格存在的，实在太多，决不是几千字可以表达得完。谁也得承认像他这样的一个人世间便不轻易有几个的，无论在中国或是外国。

我认得他，今年整十年，那时候他在伦敦经济学院，尚未去康桥。我初次遇到他，也就是他初次认识到影响他迁学的逖更生先生。不用说他和我父亲最谈得来，虽然他们年岁上差别不算少，一见面之后便互相引为知己。他到康桥之后由逖更生介绍进了皇家学院。当时和他同学的有我姊丈温君源宁。一直到最近两月中源宁还常在说他当时的许多笑话，虽然说是笑话，那也是他对志摩最早的一个惊异的印象。志摩认真的诗情，绝不含有丝毫矫伪，他那种痴，那种孩子似的天真实能令人惊讶。源宁说，有一天他在校舍里读书，外边下了倾盆大雨——惟是英伦那样的岛国才有的狂雨——忽然他听到有人猛敲他的房门，外边跳进一个被雨水淋得全湿的客人。不用说他便是志摩，一进门一把扯着源宁向外跑，说快来我们到桥上去等着。这一来把源宁怔住了，他问志摩等什么在这大雨里。志摩睁大了眼睛，孩子似的高兴地说“看雨后的虹去”。源宁不止说他不去，并且劝志摩趁早将湿透的衣服换下，再穿上雨衣出去，英国的湿气岂是儿戏。志摩不等他说完，一溜烟地自己跑了！

以后我好奇地曾问过志摩这故事的真确，他笑着点头承认这全段故事的真实。我问：那么下文呢，你立在桥上等了多久，并且看到虹了没有？他说记不清，但是他居然看到了虹。我诧异地打断他对那虹的描写，问他：怎么他便知道，准会有虹的。他得意地笑答我说：“完全诗意的信仰！”

"完全诗意的信仰"，我可要在这里哭了！也就是为这"诗意的信仰"他硬要借航空的方便达到他"想飞"的宿愿！"飞机是很稳当的，"他说，"如果要出事那是我的运命！"他真对运命这样完全诗意的信仰！

志摩我的朋友，死本来也不过是一个新的旅程，我们没有到过的，不免过分地怀疑，死不定就比这生苦。"我们不能轻易断定那一边没有阳光与人情的温慰"，但是我前边说过最难堪的是这永远的静寂。我们生在这没有宗教的时代，对这死实在太没有把握了。这以后许多思念你的日子，怕要全是昏暗的苦楚，不会有一点点光明，除非我也有你那美丽的诗意的信仰！

我个人的悲绪不竟又来扰乱我对他生前许多清晰的回忆，朋友们原谅。

诗人的志摩用不着我来多说，他那许多诗文便是估价他的天平。我们新诗的历史才是这样的短，恐怕他的判断人尚在我们儿孙辈的中间。我要谈的是诗人之外的志摩。人家说志摩的为人只是不经意的浪漫，志摩的诗全是抒情诗，这断语从不认识他的人听来可以说很公平，从他朋友们看来实在是对不起他。志摩是个很古怪的人，浪漫固然，但他人格里最精华的却是他对人的同情，和蔼，和优容；没有一个人他对他不和蔼，没有一种人，他不能优容，没有一种的情感，他绝对地不能表同情。我不说了解，因为不是许多人爱说志摩最不解人情么？我说他的特点也就在这上头。

我们寻常人就爱说了解；能了解的我们便同情，不了解的我们便很落寞乃至于酷刻。表同情于我们能了解的，我们以为很适当；不表同情于我们不能了解的，我们也认为很公平。志摩则不然，了解与不了解，他并没有过分地夸张，他只知道温存，和平，体贴，只要他知道有情感的存在，无论出自何人，在何等情况下，他理智上认为适当与否，他全能表几分同情，他真能体会原谅他人与他自己不相同处。从不会刻薄地单支出严格的迫仄的道德的天平指谪凡是与他不同的人。他这样的温和，这样的优容，真能使许多人惭愧，我可以忠实地说，至少他要比我们多数的人伟大许多；他觉得人类各种的情感动作全有它不同的，价值放大了的人类的眼光，同情是不该只限于我们划定的范围内。他是对的，朋友们，归根说，我们能够懂得几个人，了解几桩事，几种情感？哪一桩事，哪一个人没有多面的看法！为此说来志摩的朋友之多，不是个可怪的事；凡是认得他的人不论深浅对他全有特殊的感情，也是极为自然的结果。而反过来看他自己在他一生的过程中却是很少得着同情的。不止如是，他还曾为他的一点理想的愚诚几次几乎不见容于社会。但是他却未曾为这个鄙吝他给他人的同情心，他的性情，不曾为受了刺激而转变刻薄暴戾过，谁能不承认他几有超人的宽量。

志摩的最动人的特点，是他那不可信的纯净的天真，对他的理想的愚诚，对艺术欣赏的认真，体会情感的切实，全是难能可贵到极点。他站在雨中等虹，他甘冒社会的大不韪争他的恋爱自由；他坐曲折的火车到乡间去拜哈岱，他抛弃博士一类的引诱卷了书包到英国，只为要拜罗素做老师，他为了一种特异的境遇，一时特异的感动，从此在生命途中冒险，从此抛弃所有的旧业，只是尝试写几行新诗——这几年新诗尝试的运命并不太令人踊跃，冷嘲热骂只是家常便饭——他常能走几里路去采几茎花，费许多周折去看一个朋友说两句话；这些，还有许多，都不是我们寻常能够轻易了解的神秘。我说神秘，其实竟许是傻，是痴！事实上他只是比我们认真，虔诚到傻气，到痴！他愉快起来他的快乐的翅膀可以碰得到天，他忧伤起来，他的悲戚是深得没有底。寻常评价的衡量在他手里失了效用，利害轻重他自有他的看法，纯是艺术的情感的脱离寻常的原则，所以往常人常听到朋友们说到他总爱带着嗟叹的口吻说："那是志摩，你又有什么法子！"他真的是个怪人么？朋友们，不，一点都不是，他只是比我们近情，比我们热诚，比我们天真，比我们对万物都更有信仰，对神，对人，对灵，对自然，对艺术！

朋友们，我们失掉的不止是一个朋友，一个诗人，我们丢掉的是个极难得可爱的人格。

至于他的作品全是抒情的么？他的兴趣只限于情感么？更是不对。志摩的兴趣是极广泛的。他始终极喜欢天文，他对天上星宿的名字和部位就认得很多，最喜暑夜观星，好几次他坐火车都是带着关于宇宙的科学的书。他曾经译过爱因斯坦的相对论，并且在一九二二年便写过一篇关于相对论的东西登在《民铎》杂志上。他常向思成说笑："任公先生的相对论的知识还是从我徐君志摩大作上得来的呢，因为他说他看过许多关于爱因斯坦的哲学都未曾看懂，看到志摩的那篇才懂了。"今夏我在香山养病，他常来闲谈，有一天谈到他幼年上学的经过和美国克莱克大学两年学经济学的景况，我们不禁对笑了半天，后来他在他的《猛虎集》的"序"里也说了那么一段。可是奇怪的！他不像许多天才，幼年里上学，不是不及格，便是被斥退，他是常得优等的，听说有一次康乃尔暑校里一个极严的经济教授还写了信去克莱克大学教授那里恭维他的学生，关于一门很难的功课。我不是为志摩在这里夸张，因为事实上只有为了这桩事，今夏志摩自己便笑得不亦乐乎！

此外他的兴趣对于戏剧绘画都极深浓，戏剧不用说，与诗文是那么接近，他领略绘画的天才也颇可观，后期印象派的几个画家，他都有极精密的爱恶，对于文艺复兴时代那几位，他也很熟悉，他最爱鲍提且利和达文骞。自然他也常承认文人喜画常是间接地受了别人论文的影响，他的，就受了法兰（Roger Fry）和斐德（Walter Pater）的不少。对于建筑审美他常常对思成和我道歉说："太对不起，我的建筑常识全是Ruskins那一套。"他知道我们是最讨厌Ruskins的。但是为看一个古建的残址，一块石刻，他比任何人都热心，都更能静心领略。

他喜欢色彩，虽然他自己不会作画，暑假里他曾从杭州给我几封信，他自己叫它们做"描写的水彩画"，他用英文极细致地写出西（边?）桑田的颜色，每一分嫩绿，每一色鹅黄，他都仔细地观察到。又有一次他望着我园里一带断墙半晌不语，过后他告诉我说，他正在默默体会，想要描写那墙上向晚的艳阳和刚刚入秋的藤萝。

对于音乐，中西的他都爱好，不止爱好，他那种热心便唤醒过北京一次——也许唯一的一次——对音乐的注意。谁也忘不了那一年，客拉司拉到北平在"真光"拉一个多钟头的提琴。对旧剧他也得算"在行"，他最后在北平那几天我们曾接连地同去听好几出戏，回家时我们讨论的热闹，比任何剧评都诚恳都起劲。

谁相信这样的一个人，这样忠实于"生"的一个人，会这样早地永远地离开我们另投一个世界，永远地静寂下去，不再透些许声息！

我不敢再往下写，志摩若是有灵听到比他年轻许多的一个小朋友拿着老声老气的语调谈到他的为人不觉得不快么？这里我又来个极难堪的回忆，那一年他在这同一个的报纸上写了那篇伤我父亲惨故的文章，这梦幻似的人生转了几个弯，曾几何时，却轮到我在这风紧夜深里握笔吊他的惨变。这是什么人生？什么风涛？什么道路？志摩，你这最后的解脱未始不是幸福，不是聪明，我该当羡慕你才是。

我的畏友弘一和尚

夏丏尊

弘一和尚是我的畏友。他出家前和我相交近十年，他的一言一行，随在都给我以启诱。出家后对我督教期望尤殷，屡次来信都劝我勿自放逸，归心向善。

佛学于我向有兴味，可是信仰的根基，迄今还没有建筑成就。平日对于说理的经典，有时感到融会贯通之乐，至于实行修持，未能一一遵行。例如说，我也相信惟心净土，可是对于西方的种种客观的庄严，尚未能深信。我也相信因果报应是有的，但对于修道者所宣传的隔世的奇异的果报，还认为近于迷信。关于这事，在和尚初出家的时候，曾和他经过一番讨论。和尚说我执着于“理”，忽略了“事”的一方面，为我说过“事理不二”的法门。我依了他的谆嘱读了好几部经论，仍是格格难入。从此以后，和尚行脚无定，我不敢向他谈及我的心境。他也不来苦相追究，只在他给我的通信上时常见到“衰老寖至，宜及时努力珍重”等泛劝的话而已。

自从白马湖有了晚晴山房以后，和尚曾来小住过几次，多年来阔别的旧友复得聚晤的机会。和尚的心境，已达到了什么地步，我当然不知道，我的心境却仍是十年前的老样子，牢牢地在故步中封止着。和尚住在山房的时候，我虽曾虔诚地尽护法之劳，送素菜，送饭，对于佛法本身却从未说到。

有一次，和尚将离开山房到温州去了，记得是秋季，天气很好，我邀他乘小舟一览白马湖风景。在船中大家闲谈，话题忽然触到藕益大师。藕益名智旭，是和莲池、紫柏、憨山洞被称为明代四大师的。和尚于当代僧人则推崇印光，于前代则佩仰智旭，一时曾题其住室日“旭光室”。我对于藕益，也曾读过他不少的著作。据《灵峰宗论》上所附的传记，他二十岁以前原是一个竭力谤佛的儒者，后来发心重注《论语》，到《颜渊问仁》一章，不能下笔，于是就出家为僧了。在传下来的书目中，他做和尚以后曾有一部著作叫《四书藕益解》的，我搜求了多年，终于没有见到。这回和和尚谈来谈去，终于说到了这部书上面。

“《四书藕益解》前几个月已出版了。有人送我一部，我也曾快读过一次。”和尚说。

“藕益的出家，据说就为了注‘四书’，他注到《颜渊问仁》一章据说不能下笔，这才出家的。《四书益解》里对《颜渊问仁》章不知注着什么话呢？倒要想看看。”我好奇地问。

“我曾翻过一翻，似乎还记得个大概。”

“大意怎样？”我急问。

“你近来怎样，还是‘惟心净土’吗？”和尚笑问。

“……”我不敢说什么，只是点头。

“《颜渊问仁》一章，可分两截看。孔子对于颜渊说：‘……克己复礼只要“克己复礼”本来具有的，不必外求为仁。’这是说‘仁’就足够了，和你所见到的‘惟心净土’说一样。但是颜渊还要‘请问其目’，孔子告诉他‘非礼勿视，非礼勿听，非礼勿言，非礼勿动’，这是实行的项目。‘克己复礼’是理，‘非礼勿视’等等是事。所以颜回下面有‘请事斯语矣’的话。理是可以顿悟的，事非脚踏实地去做不行。理和事相应，才是真实工夫，事理本来是不二。——藕益注《颜渊问仁》章大概如此吧，我恍惚记得是如此。”和尚含笑滔滔地说。

“啊，原来如此。既然书已出版了，我想去买来看看。”

“不必，我此次到温州去，就把我那部寄给你吧。”

和尚离白马湖不到一星期，就把《四书藕益解》寄来了，书面上仍用端楷写着“寄赠丏尊居士”“弘一”的款识。我急去翻《颜渊问仁》一章。不看犹可，看了不禁呀地自叫起来。

原来藕益在那章书里只在“回虽不敏，请事斯语矣”下面注著“僧再拜”三个字，其余只录白文，并没有说什么，出家前不能下笔的地方，出家后也似乎还是不能下笔。所谓“事理不二”等等的说法，全是和尚针对了我的病根临时为我编的讲义！

和尚对我的劝诱，在我是终身不忘的，尤其不能忘怀的是这一段故事。这事离现在已六七年了，至今还深深地记忆着，偶然念到，感着说不出的怅惘。

哭佩弦

郑振铎

从抗战以来，接连的有好几位少年时候的朋友去世了。哭地山、哭六逸、哭济之，想不到如今又哭佩弦了。在朋友们中，佩弦的身体算是很结实的。矮矮的个子，方而微圆的脸，不怎么肥胖，但也决不瘦。一眼望过去，便是结结实实的一位学者。说话的声音，徐缓而有力。不多说废话，从不开玩笑；纯然是忠厚而笃实的君子。写信也往往是寥寥的几句，意尽而止。但遇到讨论什么问题的时候，却滔滔不绝。他的文章，也是那么的不蔓不枝，恰到好处，增加不了一句，也删节不掉一句。

他做什么事都负责到底。他的《背影》，就可作为他自己的一个描写。他的家庭负担不轻，但他全力的负担着，不叹一句苦。他教了三十多年的书，在南方各地教，在北平教；在中学里教，在大学里教。他从来不肯马马虎虎的教过去。每上一堂课，在他是一件大事。尽管教得很熟的教材，但他在上课之前，还须仔细的预备着。一边走上课堂，一边还是十分的紧张。记得在清华大学的时候，有一次我在他办公室里坐着，见他紧张的在翻书。我问道：

“下一点钟有课么?”

“有的，”他说道，“总得要看看。”

像这样负责的教员，恐怕是不多见的。他写文章时，也是以这样的态度来写。写得很慢，改了又改，决不肯草率的拿出去发表。我上半年为《文艺复兴》的“中国文学研究”号向他要稿子，他寄了一篇《好与巧》来；这是一篇结实而用力之作。但过了几天，他又来了一封快信，说，还要修改一下，要我把原稿寄回给他。我寄了回去。不久，修改的稿子来了，增加了不少有力的例证。他就是那末不肯马马虎虎的过下去的!

他的主张，向来是老成持重的。

将近二十年了，我们同在北平。有一天，在燕京大学南大地一位友人处晚餐。我们热烈的辩论着“中国字”是不是艺术的问题。向来总是“书画”同称。我却反对这个传统的观念。大家提出了许多意见。有的说，艺术是有个性的；中国字有个性，所以是艺术。又有的说，中国字有组织，有变化，极富于美术的标准。我却极力的反对着他们的主张。我说，中国字有个性，难道别国的字便表现不出个性了么?要说写得美，那末，梵文和蒙古文写得也是十分匀美的。这样的辩论，当然是不会有结果的。

临走的时候，有一位朋友还说，他要编一部《中国艺术史》，一定要把中国书法的一部门放进去。我说，如果把“书”也和“画”同样的并列在艺术史里，那么，这部艺术史一定不成其为艺术史的。

当时，有十二个人在座。九个人都反对我的意见。只有冯芝生和我意见全同。佩弦一声也不言语。我问道：

“佩弦，你的主张怎样呢？”

他郑重的说道：“我算是半个赞成的吧。说起来，字的确是不应该成为美术。不过，中国的书法，也有他长久的传统的历史。所以，我只赞成一半。”

这场辩论，我至今还鲜明的在眼前。但老成持重，一半和我同调的佩弦却已不在人间，不能再参加那么热烈的争论了。

这样的一位结结实实的人，怎么会刚过五十便去世了呢？——我说“结结实实”，这是我十多年前的印象。在抗战中，我们便没有见过。在抗战中，他从北平随了学校撤退到后方。他跟着学生徒步跑，跑到长沙，又跑到昆明。还照料着学校图书馆里搬出来的几千箱的书籍。这一次的长征，也许使他结结实实的身体开始受了伤。

在昆明联大的时候，他的生活很苦。他的夫人和孩子们都不能在身边，为了经济的拮据，只能让他们住在成都。听说，食米的恶劣，使他开始有了胃病。他是一位有名的衣履不周的教授之一。冬天，没有大衣，把马伕用的毡子裹在身上，就作为大衣；而在夜里，这一条毡子便又作为棉被用。

有人来说，佩弦瘦了，头上也有了白发。我没有想象到佩弦瘦到什么样子；我的印象中，他始终是一位结结实实的矮个子。

胜利以后，大家都复员了，应该可以见到。但他为了经济的关系，径从内地到北平去，并没有经过南方。我始终没有见到瘦了后的佩弦。

在北平，他还是过得很苦。他并没有松下一口气来。

暑假后，是他应该休假的一年。我们都盼望他能够到南边来游一趟。谁知道在假期里他便一瞑不视了呢？我永远不会再有机会见到瘦了后的佩弦了！

佩弦虽然在胜利三年后去世，其实他是为抗战而牺牲者之一。那末结结实实的身体，如果不经过抗战的这一个阶段的至窘极苦的生活，他怎么会瘦弱了下去而死了呢？他的致死的病是胃溃疡，与肾脏炎。积年的吃了多沙粒与稗子的配给米，是主要的原因。积年的缺乏营养与过度的工作，使他一病便不起。尽管有许多人发了国难财，胜利财，乃至汉奸们也发了财而逍遥法外，许多瘦子都变成了肥头大脸的胖子，但像佩弦那样的文人、学者与教授，却只是天天的瘦下去，以至于病倒而死。就在胜利后，他们过的还是那末苦难的日子，与可悲愤的生活。

在这个悲愤苦难的时代，连老成持重的佩弦，也会是充满了悲愤的。在报纸上，见到有佩弦签名的有意义的宣言不少。他曾经对他的学生们说，“给我以时间，我要慢慢的学”。他在走上一条新的路上来了。可惜的是，他正在走着，他的旧伤痕却使他倒了下去。

他花了整整的一年工夫，编成《闻一多全集》。他既担任着这一个工作，他便勤勤恳恳的专心一志的负责到底的做着。《闻一多全集》的能够出版，他的力量是最大的；他所费的时间也最多。我们读到他的《闻一多全集》的序，对于他的“不负死友”的精神，该怎样的感动。

地山刚刚走上一条新的路，便死了；如今佩弦又是这样。过了中年的人要蜕变是不容易的。而过了中年的人经过了这十多年的折磨之后，又是多末脆弱啊！佩弦的死，不仅是朋友们该失声痛哭，哭这位忠厚笃实的好友的损失，而且也是中国的一个重大的损失，损失了那么一位认真而诚恳的教师，学者与文人！

一九四八年八月十七日写于上海

哭一多

吴　晗

一

继李公朴先生之后，同学同事同志闻一多先生又惨遭毒手，他的大儿子立鹤，我的学生，才十八岁的青年也被惨杀了①！

四天前哭公朴，今天又哭一多，五天内在昆明同一地区，接连发生两桩空前残暴的暗杀案，被杀的都是中国民主同盟的盟员，而且都是同盟的中央执行委员，云南民盟省支部的执行委员，这说明了四项诺言的意义，人权的保障，也说明了现阶段的中国政治！

公朴死了，那样生龙活虎般的人，一个晴天霹雳！

四天之后，一多父子同命，在今晨看到报上消息的时候，目瞪口呆，欲哭无泪，昏沉了大半天，才能哭出声来。

不能说是悲痛，我的心情已经超过了悲痛，也不能说是愤怒，这两

① 闻立鹤受枪伤而未死。文中说他被惨杀系当时误传。——编者注

个字实在不够说明我的情绪。我在哭，在憎恨，在厌恶。

不能说是意外，一两年来经常在传说黑名单的故事，在特种报纸和壁报上经常有谩骂的文字，造谣污蔑的文字，早知道敌人是欲置之死地才甘心的。而且，在公朴被狙以后，昆明市上立刻就有第二号第三号的恫吓，有人劝一多要当心，他说，我已经准备死了。

但是，也不能说是意内，豺狼虎豹的恶毒也有个限度，公朴的首还没有冷，万万料不到这样紧接一个之后又一个，发生得这样快，而且是在青天白日！

我不肯哭，但是无法不哭，我哭公朴，哭一多，也在哭我其他可能遭受毒手的朋友和同志，我也在哭我自己。

二

我和一多认识，从朋友而同志，不过两三年。虽然过去几年都在联大同事，虽然过去他在清华大学当教授，我在当学生，当助教，当教员，经常有机会见面。

一多比我迟到云南，他从长沙率领学生步行到昆明。在路上一个多月没有刮胡子，到昆明后，发现胡子长得很体面，索性留起来，成为美髯公，他很得意。去年旅行路南游石林，含着破烟斗，穿一件大棉袍，布鞋，扎脚裤，坐在大石头上歇脚的时候，学生给他拍了一张照，神情极好，欢喜得很，放大了一张，装到玻璃框里，到他家的人，都欣赏照片里的胡子。有一次，第五军军长邱清泉在军部开时事座谈会，吃饭的时候，推他和冯友兰先生上座，说两位老先生年高德劭。我插了一句，错了，德虽劭而年不高，明年他才四十五岁。

一直到日本投降的那天，在乡下看到了报，立即叫理发匠把胡子剃了，当天下午进城，满院子的孩子见了，都竖起大拇指，喊："顶好！顶好！"

一部好胡子配上发光的眼睛，在演讲，在谈话紧张的时候，分外觉得话有分量，尤其是眼睛，简直像照妖镜，使有亏心事的人对他不敢正视。

他为胜利牺牲了胡子，为民主献出了生命，献出了儿子。

天生是一个诗人，虽然有十年不写诗了，在气质上，在情感上，即使在政治要求上，还保留了彻头彻尾的诗人情调。

强烈的正义感，无顾忌到畅所欲言，有话便说，畅到使人起舞，使人猛醒，也使人捏一把汗。因为这，他抓住几千几万青年的心，每个青年当他是慈父，是长兄，向他诉苦，抱怨，求援，求领导。也因为这，敌人非置之死地不可。

在前年五四的前几个月，为了一桩事，我去看他。那时，他在昆华中学兼任国文教员，每月有一担米，一点钱和两间房子，虽然忙得多，比前些年有一顿没一顿的情况已经好多了。

从此以后，我们成为朋友。

五四这一天，在联大南区十号历史学会所主办的晚会上，他指出古书的毒素，尤其是孔家店，非打倒不可。要里应外合，大家来干。这晚上的盛会建立了近两年来联大民主运动的基础。

之后，几个月，他参加了民主同盟，由于他的热心和努力，立刻成为领导人之一。

热心的情形到这个地步，民盟是没有钱的，请不起人，有文件要印刷时，往往是他自告奋勇写钢板，不管多少张，从头到尾，一笔不苟。

昆明那时还没有公共汽车，私家也无电话，任何文件要找人签名，跑腿的人一多一定是一个。要开会，分头个别口头通知，他担任了一份，挨家挨户跑，跑得一身大汗，从未抱怨过半句。

去年暑假，昆中换校长，新校长奉命解一多的聘，不好意思说，只说要加钟点，一多明白了，不说什么，卷起铺盖搬家，恰好联大新盖了几所教职员宿舍，抽签抽中了，搬到了我家的对面。从此成天在一起，无事不谈，也无话不谈，彼此的情形都十分明白。

三

一多的气质是刚性的，肚子里有什么，嘴里说什么，从来藏不住话，而且，受不了气。在乡下住，明白了农民的苦痛，他会气得说不出话。谈到政治上的种种，越谈越多，他会一晚睡不着，辗转反侧到天亮。朋友间一言不合，会得当场吵架，眼睛都红了，口吐白沫。等到误会消释以后，又会握手言欢，自动赔不是。

这两年，经过磨练太多的忧患，真到了炉火纯青的地步。即使在极不快意的时候，对任何一个来访的朋友，温言悦色，从无倦容。并且，他还有一套说服人的本领，左说右说，连求带劝，一直说到对手同意方甘休。

我和他都有怕开会的毛病，我永远不长进，直到此刻还如此。可是一多，他一天一天在进步，努力克服自己的小资产阶级劣根性，应到会无有不出席的，而且，也无不终场。

在宿舍三十三家中，一多夫人说我们两家最穷。有时早晨菜钱无办法，彼此通融，一千二千来回转。

五个孩子带一个老女佣，八口之家，每月薪水只够用十天。

两年前他学会了刻图章。

这故事包含了血和泪。

他研究古文字学，从龟甲文到金石文，都下过功夫。有一天朋友谈起为什么不学这一行手艺。他立刻买一把刻字刀下乡，先拿石头试刻，居然行，再刻象牙，云南是流行象牙章的，刻第一个牙章的时候，费了一整天，右手食指被磨烂，几次灰心、绝望，还是咬着牙干下去。居然刻成了。他说这话时，隔了两年了，还含着泪。

以后他就靠这行手艺吃饭，今天有图章保证明天有饭吃。

图章来得很少的时候，他着急，为了要挨饿。

图章来得很多的时候，更着急，为的是耽误他的工作。

联大分校了，清华复员了，可是他不能走，第一，为了昆明的民主工作需要他主持。第二，为了吃饭，在道路上的几个月中没有图章生意活不了。虽然迟早不免一走，多挨一天到底好一天。第三，一家八口有钱尚且困难，一个穷教授，也根本走不了。

这样，他继续留在昆明，被暗杀在昆明。

一多，我也学你的话："你是不会死的，你是永远不会死的！"